사랑에 빠진 순간

〈내 사랑의 한마디〉란?

네이버포스트 〈사랑에 빠진 순간〉에서 '내가 해왔던 사랑의 민낯'을 한 줄 댓글로 모집하였습니다.
그중 많은 독자들이 공감했던 댓글 20편을 선정해 수록했습니다.

어쩌면 지금도 있을

사랑에 빠진 순간

사랑의 모든 순간

한재원 지음

북클라우드

내 사랑은 항상 어려웠다. 내 의지대로 되는 게 하나도 없었고, 잡으려고 하면 할수록 점점 더 멀어졌다. 열심히 사랑하는 것만으로는 부족했다. 나도 그랬고, 상대도 마찬가지였다.

2년 전, 네이버 '20PICK' 에디터로 활동하며 포스트에 일상 이야기를 연재했다. 당시 어려웠던 사랑을 끝낸 후 이를 주제로 글을 올린 적이 있다. 그저 내 사랑에 대해 담담히 썼을 뿐인데, 많은 사람들이 공감해주었다. 모두 비슷한 사랑을 하고 이별을 겪었다고 했다.

나는 내가 경험하지 못한 사랑이 궁금했다. 다른 사람들이 하는 사랑은 어떤 모습인지 알고 싶었다. '많은 사랑을 알게 되

면 더 이상 어려운 사랑을 하지 않아도 되는 걸까?' 그런 기대
를 품으며, 다른 사람의 사랑을 글로 쓰기로 마음먹었다. 그때
부터 사람들의 사연을 받기 시작했다.

그렇게 조우한 그들의 사랑은 단일한 이름이었지만, 수많은
결을 가지고 있었다. 사랑에 빠진 순간임에도 이별과 닿아 있
었고, 이미 끝난 사랑임에도 여전히 계속되곤 했다. 나와 비슷
한 사랑을 했던 누군가의 사연을 글로 옮기면서 눈물을 흘렸
고, 어떤 사연은 영화 속 한 장면처럼 설레고 떨려서 밤을 새
운 적도 있다.

이 책은 그 사연들을 묶은 것이다. 사랑을 시작했을 때, 사랑
을 끝냈을 때, 언제나 우리 곁에 있었고 지금도 여전할 사랑

의 모든 순간을 여기에 담았다. 이 책은 나의 이야기이기도 하고 동시에 그 누구의 이야기이기도 하다.

사연 속 주인공들의 현재는 알 수 없다. 하지만 사연 속 주인공들이 내게 말해주었듯 모든 게 예쁘게 기억될 수 있기를 바랄 뿐이다.

여전히 사랑은 어렵다. 하지만 변한 게 있다면, 이제는 더 이상 쉬운 사랑을 꿈꾸지 않는다는 것이다. 빛남에도 어둡고 뜨거움에도 차가운, 어떤 감각으로도 완벽히 설명할 수 없는 사랑을 그저 인정하기로 했다.

사랑을 꿈꾸는 사람, 사랑에 상처받은 사람, 지금 사랑을 하고 있는 사람들에게 말하고 싶다. 우리의 사랑이 여전히 어렵고 아프고 두렵더라도 그 순간들을 기억해주기를. 무수한 모습으로 존재했던 '사랑의 순간'들이 그렇게 이 책에서 영원한 문장으로 머물기를 바란다.

2017년 봄
한재원(Aries)

Contents

Spring ...

우연도 마치 운명처럼

Summer ···

지금 죽어도 좋을 만큼

Fall ···

어제와 다른 오늘의 사랑

Winter ···

잊어야 한다는 마음으로

Re:spring ···

그래도, 사랑

난 사랑을 믿지 않아.
특히 존재하지도 않는 영원을 꿈꾸게 하는
마법 같은 힘이 싫어.

사랑이 끝난 후엔 늘 생각했어.
사랑 같은 건 존재하지 않는 거라고.
역시 그런 거라고.

그런데 너와 나 우리 둘 사이에
신기루처럼 반짝이는 순간이
분명 존재했지.

그 환상 같은 순간이 쉽게 잊히지 않아
기록하기로 했어.

바로 여기에.
우리가 사랑에 빠진 순간을.

사랑에 빠진 순간.

마른 가슴에 내린 단비처럼
마음의 문을 열어젖히는 불청객처럼
사랑은 그렇게 다가온다.

Spring
⋮

우
연
도

마
치

운
명
처
럼

한없이

속눈썹 아래에 드리운
그림자가 좋다.

목 뒤에 팔랑거리는
잔머리가 좋다.

그냥 네가 한없이 좋다.

먼지바람이 부는 날에

3월의 어느 날, 그날따라 계속 배가 아팠다. 식당에서 점심을 대충 먹고 교실로 향했다. 조용한 복도를 지나 교실 문을 열었다. 교실에 들어서자 먼지바람이 내게 불어왔다. 열린 창문으로 바람이 들어와 커튼을 날리고 있었다. 창가에 서서 햇살과 먼지바람이 뒤엉키는 것을 바라봤다. 그때 교실 문이 열렸고 네가 들어왔다.

아직 반 아이들과 서먹한 때였다. 내게 너는 '그저 같은 반 애'일 뿐이었다. 너와 나는 잠시간 시선을 주고받았다. 나는 고개를 다시 창가로 돌렸다. '창문을 닫아야지'라고 생각했을 때 네가 내 옆에 나란히 섰다.

우리는 말없이 먼지바람 사이에 서 있었다. 고개를 살짝 돌려 너를 봤다. 나보다 두 뼘이나 키가 큰 너는 눈을 감고 바람을 맞고 있었다. 흩날리는 앞머리 사이로 보이는 동그랗고 볼록

한 이마, 감은 눈꺼풀, 바람에 떨리는 속눈썹, 웃음을 머금은 듯 살짝 올라가 있는 입꼬리. 모든 게 완벽해보였다.

홀린 듯이 너를 계속 바라봤다. 얼마나 지났을까. 점심을 다 먹은 친구들이 교실로 들어오기 시작했고, 소란스러워지자 그제야 너는 느릿하게 눈을 떴다. 너와 한 번 더 눈이 마주쳤다. 태어나서 처음으로 느껴보는 감정이 피어올랐다. 코끝이 간지러웠다. 남은 수업 시간 내내 재채기를 했다. 먼지바람 때문인가, 가슴속이 간질간질했다. 그렇게 네가 내 마음에 불어왔다.

2 월 의 봄

추가 합격을 기다렸지만 결국 떨어졌다. 그렇게 나의 발걸음은 설레는 봄날의 캠퍼스가 아닌 재수학원으로 향했다. 입춘이 지나 날이 풀렸다지만 내게는 무척이나 시린 2월이었다.

학원에 간 첫 날 자기소개를 했다. 그때 널 봤다. 내 자기소개가 뭐라고 너는 큰 눈망울을 반짝이고 있었다. 내게 질문도 했다. 널 보느라, 네 목소리를 듣느라 무슨 대답을 했는지는 잘 기억이 나지 않는다. 하지만 그때의 떨림은 아직도 선명하다. 귓가를 울리던 내 심장박동도.

친구들 앞에서 하는 자기소개였는데, 마치 너와 나 단둘이서 이야기하는 것 같았다. 다른 세상에 와 있는 것처럼 그저 멍했다. 재수학원을 오길 잘했다는 생각도 잠깐 했던 것 같다. 그렇게 삭막한 학원에서 나 혼자 봄을 맞았다.

친구들에 비해 늦게 들어온 나는 마음을 다잡아야 했다. '안 돼! 공부해야지', '설레지 말자', '정신 차려!' 매일 다짐했지만, 나의 다짐은 그리 오래가지 못했다. 열심히 필기를 하는 옆모습, 선생님께 질문을 하는 목소리, 책을 가득 들고 나를 스칠 때 나는 향기. 나도 모르게 너를 좇았다. 너는 내게 언어영역 지문보다, 외국어영역 듣기 평가보다, 수리영역 주관식보다 흥미롭고 어려웠으며 복잡했다.

머리를 맞대고 어려운 문제를 두고 씨름할 때, 모의고사 성적
표를 두고 격려할 때, 자습시간에 초콜릿을 나눠먹을 때마다
내 머릿속에서는 분홍빛 비눗방울이 터졌다.

하얗고 작은 얼굴, 꿰뚫어보는 것만 같은 눈동자, 궁금한 것은
참지 못하는 네 입술. 마주 앉아 네 얼굴을 가만히 뜯어보고
있으면, '이렇게 예쁜 눈코입이 이 작은 얼굴에 어떻게 다 들
어 있을까?'라는 생각이 들곤 했다. 그렇게 네 얼굴을 보고 있
는 게 마냥 좋았다. 그렇게 내게도 봄이 왔다. 너라는 봄이.

우연도
마치
운명처럼

앨 범 을   보 면

아직 너를 몰랐던
그 시절의 너도 좋아.

너의 지난 순간을
모두 모으고 싶다.

청 량 한 너 의 웃 음 에

너랑 나는 접점이 없었다. 서로의 존재는 알았지만, 딱 거기까지였다. 너는 곧잘 웃었다. 함께 어울리는 무리 중에서 언제나 너의 웃음소리만 유독 귀에 박혔다. 네 웃음소리를 들으며 생각했다. '참 해사하게 웃는구나.'

네 웃음소리를 듣고 있으면 나까지 덩달아 기분이 좋아졌다. 그때부터 네 웃음소리에 귀를 기울였다. 너의 웃음을 관찰했다. 의도한 것은 아니었다. 네 웃음만 유독 잘 들렸기 때문이다. 그래, 그뿐이다.

네 웃음은 달랐다. 주변 사람들의 장난에 너는 항상 가장 크게 웃었고, 즐거움에 젖은 네 웃음소리는 청량했다. 누군가의 이야기를 들을 때면 작게 키득대곤 했다. 그런 너에게 나는 더 귀 기울였다. 네가 웃지 않는 날이면 '무슨 일이 있었던 것은 아닐까?' 내 머릿속에는 온통 그 생각뿐이었다.

청량한 너의 웃음소리에 집중하고, 나름대로 분석하고 네 기분을 도출하는 것이 어느새 일상이 되었다. 내 하루의 기분도 그 웃음소리에 따라 달라졌다. 그래서 나는 알았다. 네 웃음소리에 귀 기울인 순간부터 나는 너를 좋아하고 있었다는 걸.

밤 의 소 곡

긴 밤을 연주할 땐
네 이름이 필요해.

꿈 속 에 서 도

학원 가기 전에 이불 속에 들어
갔어. 엎드려 누워서 눈만 껌뻑이고 있는데, 네게 메시지가 왔
어. "집에 잘 들어갔냐, 독서실 가기 싫다." 별로 궁금하지도
않은 너의 일상을 늘어놓기에 굳이 대답하지 않았어. 넌 원래
사람 할 말 없게 만드는 재주가 있으니까, 그냥 그러려니 했
어. 심지어 우리는 같은 교실에 있다가 헤어진 지 얼마 되지
도 않았는데 말이지. '얘는 나한테 이런 걸 왜 말해'라고 혼자
생각하다가 설핏 잠들었어. 얕은 잠에 든 건지, 창밖에 귤 트
럭 아저씨가 지나가는 소리가 들리더라. 귤 먹고 싶다는 생각
을 마지막으로 꿈속으로 빠져들었어.

꿈속에서 난 학교였어. 점심 먹은 직후였는지 나는 책상에 앉
아서 졸고 있었어. 웃기지, 꿈속에서 졸리다니. 꿈속에서 난
한쪽 팔을 베고 졸고 있었는데, 누가 옆에서 자꾸 나를 부르
는 거야. 돌아보니 너였어. 옆에 있는데 계속 내 이름을 부르

더라고. 꿈속에서도 무지 귀찮았어. "으응" 하고 대충 대답했지. 넌 역시 할 말 없게 만드는 재주가 있어. 너무 졸려서 점점 눈이 감기는데, 넌 옆에서 계속 종알종알 떠들더라. 내가 네 말을 듣지 않는 걸 눈치챘는지, 너도 나를 따라 책상에 엎드렸어. 팔에 눌린 네 얼굴이 살찐 고양이 같았어. 그게 웃겨서 웃었는데, 넌 그런 날 보면서 따라 웃더라. 바보, 왜 웃는지도 모르는 게.

잠에서 깨고 나니까 딱 30분이 지나 있더라. 학원 갈 시간이 다 돼서 대충 간식 챙겨 먹고 집을 나섰지. 그새 너한테 메시지가 또 와 있는 거야. 평소라면 답장 안 했을 텐데…. 이상하게 안 하면 안 될 것 같아서 답장을 했어. 매일 학교에서 지겹게 보는데 무슨 할 말이 그렇게 많을까, 넌.

학원 가는 버스 안에서 또 졸았는데, 몽롱한 와중에 아까 꾼 꿈이 생각나는 거야. 이상했어. 겨우 30분 꿈이었는데, 마치 3시간 현실 같았어. 왜 네가 나오는 꿈을 꾸고 난리람. 이런 생각을 하느라 수학 수업도 제대로 못 들었어. 나 수학 젬병인데. 어떡할 거야. 다 너 때문이야.

그날 밤에 자려고 누웠는데 기분이 이상했어. 온몸이 막 간지럽고 손발이 오그라드는 것 같기도 하고. 가만히 있을 수가 없어서 베개를 퍽퍽 때리고 이불도 뻥뻥 찼어. 그러고 있는데 너에게서 또 메시지가 온 거야. 내일 날씨가 쌀쌀해진다고 옷 따뜻하게 입으라고. 몰라, 괜히 웃음이 났어. 또 기분이 이상해져서 이불을 칭칭 감고 한 열댓 번 양옆으로 구르다가 겨우 잠들었지.

알람 소리에 억지로 눈을 떴어. 눈도 다 못 뜬 채로 욕실에 가서 뜨거운 물에 샤워를 하는데, 지난밤 꿈에도 또 네가 나온 것 같은 거야. 꿈 내용은 기억이 안 나는데, 네가 나온 건 확실했어. 이상해. 네가 왜 하루에 두 번씩이나 내 꿈에 나오냐고.

두툼한 집업 후드를 챙겨서 집을 나섰어. 아, 교복 재킷 속엔 이미 카디건도 입었어. 버스를 기다리는데 입김이 나오는 거야. 후드 주머니에 손을 넣고 발을 동동 굴렀어. 버스에서 하품을 하며 지난밤 꿈 내용을 생각해내려 했어. 그런데 도저히 꿈의 시작과 끝조차도 기억이 안 나서 그냥 포기했지. '몰라, 네가 내 꿈에 나오면 어쩔 건데.' 이런 생각을 하면서 정문을 들어서는데, 옆에서 누가 날 툭 치는 거야. 너였어. 아까 버스에서 너한테 온 메시지에 답장을 안 했는데 괜히 머쓱해졌지. 오늘따라 답장 안 한 것도 민망하고 네 얼굴 보기가 껄끄러워서 너한테는 시선도 안 주고 대충 몇 마디 대꾸를 했어. 옷 따뜻하게 입었냐고 자꾸 묻기에 그렇다고 했지. 근데 네가 그때 네 얼굴을 내 앞으로 불쑥 내미는 거야. 으악, 놀래라. 이상한 소리가 입 밖으로 나갈 뻔했는데 억지로 참았어. 평소 같았으면 손으로 얼굴을 밀어버렸을 텐데, 나도 모르게 이 말이 먼저 나갔어.

"너 살찐 고양이 같아."

그랬더니 넌 그날 하루 종일 나한테 그거 좋은 거냐고 물어봤잖아. 학교를 마치고 버스 타러 가는 길에도 자꾸 묻기에 좋은 거라고 대답해버렸어. 그랬더니 너 왜 그렇게 좋아하는 건데. 그게 뭔지도 모르는 게.

집에 도착해서 낮잠이나 잘까 하고 침대 위에 누웠다가 생각을 고쳐먹었어. 네가 꿈에 또 나오면 진짜 곤란할 것 같았거든. 학교에서 헤어진 지 얼마나 됐다고 너는 또 메시지를 보냈지.

"오늘 뭐 해?"
"학원 가지 뭐 해."
"그치, 학원 가지. 나는 독서실 가는데."

봐봐. 역시 넌 할 말 없게 만든다니까. 근데 내가 답장 안 하면 넌 내일 또 하루 종일 시무룩한 표정으로 있을 것 같아서 나도 모르게 말해버렸어.

"나 어제 꿈에 네가 나왔어."

뭐야, 답장이 왜 이렇게 늦어. 평소에는 완전 칼 답장이었으면서. 네가 답장이 없으니까 내가 그런 말 한 게 민망해지잖아.

그냥 거기서 멈출 걸. 민망함을 못 견디겠어서 바보같이 꿈 내용까지 너한테 설명했어. 그랬더니 너한테서 전화가 오는 거야. 뭐야, 왜 전화하고 난리야. 잘못한 것도 없는데 심장이 미친 듯이 뛰어서 옷 밖으로 튀어나오는 줄 알았어. 내가 애써 아무렇지 않게 전화 받으려고 얼마나 노력했는지 알아?

"뭐야, 왜 전화해."

나도 알아, 민망함에 더 무뚝뚝하게 말한 거. 너는 한숨을 쉬더니 꿈 얘기를 다시 해달라고 했어. 직접 듣고 싶다며. 난 아무렇지 않은 척 이야기했어. 계속 얘기할수록 너무 부끄러웠어. 네가 내 꿈에 나온 것도 부끄럽고, 그런 사실을 너한테 말하고 있는 내 모습도. "아, 그냥 그런 꿈이었다고"라고 말하는데, 이마랑 귀가 뜨거운 느낌이었어. "이제 됐지?"라고 퉁명스럽게 물으니까 너는 "응"이라고 대답할 뿐 별다른 말이 없었어. 뭐야, 이럴 거면 전화 왜 했는데. 역시 넌 또 내가 할 말이 없게 만든다니까. 학원 갈 시간도 됐고 더 이상 할 말도 없어서 전화를 끊었지. 폭풍 메시지를 보낼 거라 생각했던 것과 달리 넌 그날 메시지 한 통 보내지 않았어. 그 때문에 나는 그날도 수학 수업을 다 놓쳤어.

넌 다음 날 아침까지도 조용했어. 너도 알지? 이런 적 처음이었던 거. 항상 귀찮을 정도로 먼저 연락해놓고선. 기분이 이상했어. 어떻게 해야 할지도 모르겠고, 짜증나고, 분하기도 하고. 1교시 수업 시작 전에 눈도 마주쳤는데, 너 인사도 안 하더라. 뭔가가 턱 얹힌 기분이었어. 목 안이 막 뜨겁고 먹먹하고. 점심 먹을 기분도 아니어서 교실에 혼자 남아 있었어. 너한테 된통 당한 기분이었어. 부끄럽기도 하고 억울하기도 하고. 책상 위로 엎드려버렸어. 내 옆에 익숙한 누군가가 같이 엎드리더라. 물론 너였지. 너랑 눈이 마주치는데 귓가에 심장소리가 울렸어. 머리는 멍해지는데 온몸의 피가 너무 빨리 돌아서 심장이 터져버릴 것 같았어. 나도 모르게 입 모양으로 말해버렸어.

"좋아해."

내가 그렇게 말하니까 넌 기다렸다는 듯이 웃었어. 마치 꿈속
에서처럼. 대답은 않고 웃기만 하기에 마음이 급해서 물었어.

"너는 나 안 좋아해?"

"좋아해."
"계속 좋아했어."

그 말을 들으니 그제야 웃음이 나왔어. 꿈속에서처럼. 팔을
베고 엎드린 채로 마주 보면서. 찐빵 같은 볼을 구긴 채로 너
는 날 따라서 웃었어. 바보, 내가 언제부터 좋아했는지도 모
르는 게.

네 글자

자기 전에 꼭

한 번 말해본다.

빈방을 울리는 네 글자로

잠을 쫓는다.

"보고 싶다."

너무 달아

첫눈에 반한다는 말, 참 별로였다. 진득하게 상대를 알아가는 제대로 된 사랑이 아닌 그저 잠시 스쳐지나가는 열병같이 느껴져서 가볍게만 보였다. 첫눈에 반했다는 사람들의 행동은 또 어떻고. 이성이란 게 없는 사람이 마치 무슨 병이라도 걸린 것처럼 정신을 못 차리는 게 이해되지 않았는데….

널 보는 순간 느꼈다. 이게 첫눈에 반한다는 거구나. 심장이 입 밖으로 튀어나올 듯하고, 머리가 멍해지면서 눈에 분홍색 필터가 덧씌워졌던 그 순간. 나 너에게 반한 거 맞지? 이게 바로 내가 지금까지 못 믿었던 그거 맞지?

아, 달다. 지금 너와 내 주변을 감싸는 이 공기가 너무 달다. 너무 달아서 미쳐버릴 것 같아.

좋은 향이 나서

특유의 향이 있다. 나도 모르게 숨 안으로 깊게 들이마시게 되는 그런 향. 아침 8시 13분. 언제부턴가 엘리베이터에서 만나는 향이 있다. 우연히 맡게 된 향, 누구의 향인지는 모르겠으나 그 향은 꽤 내 취향이었다. 겨울밤 공기처럼 묵직하면서도 민트 맛 사탕처럼 시원하고 달달한 향. 자꾸만 맡고 싶어지는 그런 향이었다.

그 향의 주인은 나보다 더 일찍 출근하는 듯했다. 엘리베이터에서 마주친 적은 한 번도 없었으나 나를 반기듯 언제나 잔향을 남겨두곤 했다. 실체 없는 그 향기를 엘리베이터에서 마주하기를 수차례, 그 향에 익숙해진 나머지 그 사람을 만나면 몹시 친한 척을 할지도 모르겠다고 생각했다.

피곤한 아침 나의 유일한 즐거움은 그 향기의 주인을 상상하는 거였다. 무채색 계열의 옷을 좋아할 것 같고, 차가운 인상이지만 따뜻한 마음을 가진 사람일 거라고 상상했다.

향기의 주인을 만난 건 그로부터 한참 후였다. 이 향기에 혼자 익숙해질 대로 익숙해진 때에 엘리베이터에서 마주친 그는 내가 상상한 모습과 거의 일치했다. 나도 모르게 엄청 친한 척 인사를 하고 말았다. 그리고 대뜸 무슨 향수를 쓰냐고 물었다. 뜬금없는 나의 인사와 질문에 그는 많이 당황하며 웃어 보였다.

오감 중 가장 예민하고 오래 기억되는 게 후각이라는 이야기를 들은 적이 있다. 내가 그의 향을 맡게 된 것도, 그가 그 향을 즐겨 썼던 것도 어쩌면 이렇게 되려고 그랬던 걸까. 향에 사로잡힌 나는 마치 처음부터 그랬던 것처럼 그에게 금방 빠져버렸고, 그런 나를 신기해하면서 그 역시 내게 다가왔다. 그렇게 우리는 시작됐다.

우·연도
마치
운명처럼

범람

담백하게 말하려 했는데
눈물부터 쏟았다.
네게 고백한 날
내 모든 것이 흘러넘친 그날.

장난스럽게

우리는 마음이 잘 맞았어. 그래서 금세 친구가 됐지. 일단 우리는 지나칠 정도로 취향이 같았어. 내가 좋아하는 것이 곧 네가 좋아하는 것이었으니까. 다른 친구들이 재미없다고 말한 내 농담도 너는 재미있게 들어줬어. 그래서 너는 친구들 중에서도 좀 더 특별한 친구였어. 더 구체적으로 말하자면 조금 신경이 쓰이는 친구.

수업 시간에 발표를 할 때면 난 늘 의식의 흐름대로 말해놓고 발표를 마친 후에야 너를 의식했어. 정신없이 교실을 누비다가 내 발에 내가 걸려 넘어질 때면 옷매무새를 가다듬으며 혹시 네가 날 본 건 아닌지 살피기도 했지.

그렇게 혼자 교실에서 넘어질 뻔하거나 말도 안 되는 실수를 하며 허둥지둥할 때 너는 꼭 날 보며 웃고 있었어. 사실 혹시 네가 보고 있지 않을까 나름 조심한 거였는데.

그런데 이상하게도 네 웃음을 본 뒤로 나는 욕심이 생겼어. 어떤 날은 일부러 과장하며 놀란 적도 있었고, 또 어떤 날은 넘어질 걸 뻔히 알면서 주의 없이 빠르게 걷기도 했어. 다른 친구들은 나를 보고 개그 욕심이 있냐고 물었어. 아니, 개그 욕심은 없어. 그저 네가 웃는 걸 보고 싶을 뿐이야. 언젠가 너는 내게 말했어.

"넌 참 재미있어. 가끔은 바보 같기도 하고."

장난스럽게 말하는 네가 참 좋았어. 네 웃음과 장난스레 말하는 네가 좋아서 더 바보처럼 행동했어. 나 언젠가 네게 묻고 싶어. 마치 너처럼 장난스럽게 웃으며.

"왜 계속 나를 보고 있었어? 너도 날 좋아하는구나?"

기 다 림 에 서

힘들었던 짝사랑을 겨우 매듭
지었을 무렵에 널 만났다. 여중 여고를 졸업해 남자와의 대화
가 어려웠고, 늘 짝사랑만 하다 끝났던 내게 넌 신기한 존재
였다. 대화가 잘 통해서 어렵지 않고 순진한 사람. 우린 금세
가까워졌다.

유럽 여행을 간다는 네게 장난 반, 진심 반으로 엽서를 보내
달라고 부탁했다. 절대 잊으면 안 된다고 몇 번이나 말했지
만 크게 기대하지는 않았다. 얼마 후 영국에 도착했다며 엽
서를 보낼 테니 주소를 보내달라는 네 메시지에 심장이 크게
뛰었다. 볼은 뜨거워지고 살짝 어지러운 것 같기도 하고. 잔

뜩 상기된 채로 네게 주소를 보냈다. 내 부탁을 이렇게나 쉽게 들어주다니. 누군가가 낯선 여행지에서 날 떠올린다는 게 신기하고 황홀했다. 지금껏 혼자 앓기 일쑤였던 내게 그 순간은 가장 짜릿한 순간이었다.

그 뒤로 매일 우체부 아저씨를 기다렸다. 수시로 우편함을 들여다보고, 경비실에 찾아가 택배 온 것이 없는지 묻고 그렇게 네 선물을 기다렸다. 네가 귀국한 뒤에도 엽서는 도착하지 않았다. 언제 오는 거냐고, 빨리 왔으면 좋겠다고 조바심을 냈다. 한참을 기다린 끝에 네가 영국을 담아 보낸 기념엽서와 열쇠고리를 받을 수 있었다.

선물을 받은 답례로 난 너에게 밥을 사겠다고 했다. 지하철 개찰구를 넘어오는 네 모습이 멀리에서 보였다. 가슴이 설레 어쩔 줄 몰랐다. 우리는 나란히 거리를 걷고, 같은 걸 보고 웃으며 많은 이야기를 나누었다. 내게 다정하게 말을 거는 네 목소리에 정신을 차릴 수가 없었다.

저녁을 먹고도 헤어지는 게 아쉬워서 우리는 영화를 봤다. 영

화를 보고도 헤어지기 싫어서 다시 길을 걸었고,
또 커피를 마셨다. 늦은 시간에 카페에서 나왔지
만, 우리는 또 무작정 걸었다. 그리고 어느 순간 우
리는 손을 맞잡고 있었다.

네가 영국에서 보낸 게 그저 기념엽서와 열쇠고리
인 줄 알았는데, 네가 내게 보낸 건 바로 너였다.

서 툰 진 심

봄에는 두 손 맞잡고 꽃잎이 떨어지는 길을 걷고
여름에는 파도소리를 들으면서 밤바다를 눈에 담자.
가을에는 붉어지는 나뭇잎처럼 서로에게 물들고
겨울에는 그 어느 때보다 더 찰싹 붙어 있자.

시처럼 멋지고 예쁘게 말하지는 못해도
내 서툰 진심이 너에게 닿기를.

우연도
마치
운명처럼

055

선배, 좋아해도 돼요?

　　　　　　　　선배. 저 선배 신입생 환영회
때 처음 봤어요. 신입생 환영회라 엄청 떨리고, 긴장되고, 신
입생은 또 어찌나 많은지 정신이 하나도 없었어요. 선배 그때
공연했잖아요. 처음 보는 사람들이 앞에서 춤추는데, 선배만
보였어요. 긴장한 표정이 역력한 다른 사람들과 다르게 선배
만 웃고 있었거든요.

그러고서 처음으로 술자리를 가졌을 때, 그날 선배 제 옆자리
에 앉았던 거 기억해요? 아무튼 옆자리겠다 술도 마셨겠다
신나서 선배랑 이야기했는데, 선배가 완전 제 이상형인 거예
요. 그때 결심했어요. 좋아하지 말자고. 왜 그런 결심을 했는
지 모르겠지만, 그땐 그랬어요.

여전히 신입생 티를 못 벗은 봄, 학과생활하면서 선배랑 곧잘 부딪혔어요. 사교성이 없어서 학교 적응도 힘들었는데, 선배는 그런 저를 탐탁지 않게 여겼잖아요. 너무 미웠어요. 선배가 절 싫어하는 것 같아서, 그때부터 저는 선배를 피해 다녔어요.

그 후 얼마 안 있다가 선배는 입대했어요. 선배가 입대하고 나서 저도 휴학했어요. 이상하죠? 분명 선배를 피해 다녔는데, 선배가 없는 학교생활이 너무 힘들었어요. 그러다가 복학했는데, 선배도 복학했더라고요. 복학하고 나서도 전 외톨이였어요. 몇 없는 동기들하고도 서먹했고, 선후배들하고는 더 서먹했고. 사실 학교 가는 게 곤욕스러울 정도였어요. 그래도 다행인 건 선배랑 마주치지 않았다는 거예요.

학과실에 동기들하고 모여 있을 때였어요. 입구 쪽에 앉아 있는데, 누가 문을 벌컥 여는 거예요. 제일 먼저 발이 보였는데, 선배였어요. 발만 봐도 단번에 알아챈 거예요. 심장이 쿵쾅쿵쾅 뛰었어요. '도망갈까?', '지금 나가면 이상하려나' 이런 생각을 하는데, 선배는 저를 지나쳐서 다른 사람들한테 갔어요. 안도하며 고개를 숙이고 못 본 체했어요.

"오랜만이네."

앗, 깜짝이야! 선배가 제 앞에서 허리를 숙여서 저와 눈을 마
주쳤잖아요. 저 그때 심장이 터져버리는 줄 알았어요. 3년이
지난 지금도 생생하게 기억날 정도로요. 근데 그거 알아요?
복학한 이후에 저한테 먼저 인사해준 건 선배가 처음이었어
요. 가장 마주치고 싶지 않던 선배한테 가장 반가운 인사를
받은 거예요.

그날 이후로 학교생활이 재미있었어요. 수업 들으러 가다가
마주친 선배랑 인사하는 게 좋았고, 학과실에 앉아 선배와 나
누는 이야기가 좋았고, 그냥 다 좋았어요. 선배랑 함께한 모든
순간이 좋았어요.

선배 혹시 기억나요? 우리 학교 정문에서 아이스크림으로 실
랑이 벌인 적 있잖아요. 선배가 이전에는 후배들과 잘 어울리
지 않고, 약간 무섭기도 해서 다가가기 어려운 면이 있었는데,
정문에서 마주쳤던 그날 선배의 새로운 모습을 보게 됐어요.
갑자기 절 보자마자 "이야! 잘 됐다. 아이스크림 1+1이라서 하

우연도
마치
운명처럼

나 남았는데, 먹을래?" 하면서 엄청 신나게 말했잖아요. 선배
의 그런 모습 신선했어요.

제가 아이스크림만 받아서 가려니까 손에서 안 놓았잖아요.
저는 그 맛이 먹고 싶었는데 선배가 건네주질 않으니까. 저를
약 올리려는 건가 싶었어요. 옆에 있었던 선배 친구가 이상한
눈빛으로 쳐다볼 정도로 정문에서 한참 실랑이를 했죠. 계속
달라고, 왜 안 주냐고 제가 말했더니 선배가 말했죠.

"그거 내가 먹고 싶은 맛이라서 그래…."

그 말하고 선배 귀까지 빨개졌던 거 알아요? 후배들 군기 잡
고 카리스마 폭발했던 선배가 그런 말을 하는데, 그날 선배
너무 귀여웠어요.

친구들에게 자랑했어요. 선배한테 아이스크림 받았다고. 도서관에서 마주친 친구, 화장실에서 마주친 친구, 수업 시간에 마주친 친구들한테 다 자랑했어요. 막 말하고 싶어서 자제가 안 되는 거예요. 자기 전까지 선배의 그 모습이 떠올라서 미치는 줄 알았어요.

마음이 둥실둥실 떠다녔어요. 너무 부풀어서 숨이 턱하고 막힐 정도로요. 참으려고 해도 자꾸만 웃음이 새어 나와서 올라간 입꼬리를 내리려고 얼마나 애썼는지 몰라요. 그날부로 나 결심을 바꿨어요.

선배, 나 선배 좋아해도 돼요?

일상 랩소디

내게 들리는 모든 소리가
너를 노래하고 있다.

두 사 람

　　　　　　　나를 기다리는 너의 모습이 보
인다. 목에 닿을 듯 말 듯한 짧은 머리를 자꾸만 쓸어 넘기고,
쇼윈도 앞에서 옷매무새를 가다듬는다.

"나 곧 도착해~"

짧은 메시지를 보낸다. 휴대폰을 들어 메시지를 확인하는 네
가 보인다. 오른쪽 어깨에 메고 있던 가방을 왼쪽으로 고쳐
메고, 흘러내린 머리카락을 귀 뒤로 넘긴다.

아직 먼 거리에 있음에도 너의 수줍은 미소가, 발그레한 얼굴이 보이는 듯하다. 네게 향하는 발걸음이 가볍다. 너와의 거리가 가까워질수록 심장소리가 귓가에 크게 울린다. 너도 그럴까? 그 기운을 느꼈는지, 네가 나를 향해 고개를 돌린다. 환한 미소로 양손을 들어서 내게 손인사를 한다.

발걸음마다 심장이 크게 울린다. 너는 이내 내게로 달려온다. 사랑스러운 네가 내 앞에 있다. 어깨를 감싸 안고 눈을 맞춘다. 바로 지금, 가장 설레는 순간이다.

오늘 같은 밤이면

너처럼 예쁜 밤이야.

네가 유독 보고 싶은 밤이야.

한 번도 써본 적 없는

문장을 수놓게 되는

그런 밤이야.

발 걸 음

네게 향하는 시간만큼

들뜨는 순간이 있을까.

이 세상의 모든 떨림이

내 가슴에 들어와 있는 것 같아.

분명 그날은 잎사귀 떨어지는 겨울이었는데
공기 탓인지 마음 탓인지 나에겐 봄이었고
나뭇가지에 간신히 앉아 있는 잎은 작은 분홍색 꽃처럼 보였다.
새로운 계절이 시작되듯 나에서 우리로 시작되려고.

- 2.2

정말로 열병이다.
주체할 수 없는 가슴 한복판에서 올라오는 열감
한순간이라도 정신을 놓는 순간
좋아한다는 말이 튀어나올 것만 같아.

- 얀빛

내
사랑의
한마디

'좋아할 리 없어'라고 생각한 순간이
널 좋아하게 된 시작.

– 이해

꽃이 피는 계절을 봄이라고 한다면
너와 함께했던 모든 계절이 봄이었다.
내 마음속에 너라는 꽃이 항상 피어 있었으니까.

- 강하고빛나게

너라는 우주에 귀속된 이후부터
그 이전의 세계는 상상조차 할 수 없다.
오롯이 네가 전부였다는 듯
내 삶은 너를 중심으로 공전할 뿐이다.

Summer
:
⋮

지금 죽어도 좋을 만큼

새벽의 시간

휴대폰을 볼에 얹고
조용히 숨소리를 듣는다.
소리가 작게 들릴 때면
자는지를 확인하고
아무 말도 안하면서
작게 웃기만 한다.

그렇게 새벽이 간다.

열 렬 하 게

매일 아침 분주했다. 거울 앞을 수차례 왔다 갔다 하며 교복 매무새를 정리하고, 이마에 난 여드름을 앞머리로 가리느라 거울을 보며 10초 간격으로 시계를 확인했다. 놓치지 않기 위해서. 내 하루는 엘리베이터에서 너와 마주치는 순간부터 시작됐다.

너는 우리 집 바로 위층에 살았지만 매일 마주치지는 못했다. 그런 날이면 머리 위로 우중충한 비구름이 낀 듯했고, 잠들기 전까지 내내 울적했다. 그리고 다음 날 너와 마주치면 언제 그랬냐는 듯 머리 위 비구름이 걷히고, 눈부신 햇살이 가득했다. 그렇게 너와 마주친 날이면 항상 너의 뒤에서, 가끔은 대각선쯤에서, 어쩔 땐 은근슬쩍 네 옆에서 너와 함께 걸었다.

내 하루가 온통 너라서 설렜다. 내 마음속 너는 그렇게 자꾸 커져만 갔고, 널 향한 마음이 목구멍을 꽉 막아 숨이 턱 막힌 어느 날에 나는 너를 붙잡고 무턱대고 말했다.

"좋아해."
"나 너를 너무 좋아해."

너의 의아한 표정을 보며 순간 후회했다. 우리는 친하기는커녕 인사도 안 하던 그저 이웃일 뿐이었는데. 너는 굉장히 민망해하며 조심스레 거절했다. 그래, 영화 같은 일이 일어날 리 없지.

그날 밤 자기 전에 조금 울었다. 고백한 뒤로 나는 더 이상 아침부터 설레지도 너를 못 봤다고 울적하지도 않았다. 너에게 거절당했다는 사실 하나로 커지는 내 마음을 꾹꾹 밀어 넣으며 짝사랑도 사치인 수험생이 됐고 수능을 봤다.

대학 진학을 위해 서울로 가게 되었을 때 생각했다. 이렇게 서울로 가버리면 어쩌면 오늘이 너와 마지막이겠구나. 그 생각에 참지 못하고 나는 다시 너를 잡았다.

서툴기 그지없었던 내 첫사랑에게 다시 고백했다.

"나 너 좋아해. 4년 동안 정말 좋아했어. 나 혼자 후련하자고 내뱉은 고백이라 비난해도 좋아. 다시 한번 날 거절해도 좋아. 진심만 말하고 싶었어. 나 널 꼬박 좋아했어. 교복을 입는 내내 널 좋아했어. 이제 곧 이웃도 아닌 완전 남으로 멀어져버릴 것 같아서 용기 내는 거야. 나 너가 너무너무 좋아."

열렬한 고백을 한 지 벌써 7년이 지났다. 여전히 내 사랑인 너는 7년도 더 지난 이 이야기를 무척이나 좋아한다.
지금 내 사랑인 너에게 다시 한 번 고백할게.

"좋아해.
그때부터 지금까지 계속 좋아해."

지금
죽어도
좋을 만큼

081

있잖아, 그때

사랑. 그 끝은 항상 주워 담지 못한 상처의 말과 사그라지지 않는 감정뿐이었다. 내게 사랑은 고작 이런 의미였다. 그래서 사랑을 노래하고 이별을 추억하는 게 이해되지 않았다. 가끔은 좀 우스웠다. 끝이 보이고 이미 끝이 정해져 있는데, 왜 저렇게 안달하고 목을 매는지. 이런 생각을 말할 때면 사람들은 내게 말했다.

"네가 진정한 사랑을 아직 못 해봐서 그래."

진정한 사랑. 그런 게 정말 있기는 할까? 나는 사랑이 환상이라고 생각했다. 그래서 당신을 만나는 동안 늘 생각했다. 절대 깊게 마음을 주지 않겠다고. 내가 너무 좋다며 밝게 웃는 당신을 볼 때마다 또 생각했다. 당신을 절대 깊이 사랑하지 않겠다고.

당신과 연락을 주고받으며 설렘 가득한 웃음이 번질 때에도, 절대 마음을 다 주지 않겠다고. 사랑을 담은 메시지를 당신에게 보냈지만 그 와중에도 결심했다. 당신을 절대 죽을 만큼 사랑하지는 않겠다고. 그래서 당신이 내게 주는 순수하고 열정적인 사랑에 기뻐하면서도 두렵고 무서웠다. 어차피 이 사랑도 언젠가 끝날 텐데, 당신은 마치 끝이 없는 것처럼 굴었으니까.

가끔은 당신이 주는 사랑에 마음이 벅찼다가도 금세 텅 빈 듯한 느낌을 받기도 했다. 늘 끝을 생각했기 때문일까? 그럴 때면 주문처럼 되뇌었다. 당신에게 내 마음을 전부 주지는 않겠다고.

당신을 만나러 가는 길. 저만치 멀리에서 나를 기다리고 있던 당신이 나를 보면서 해맑게 웃었을 때, 나 그제야 깨달았다. 지금까지 했던 수많은 결심과 다짐은 결국 내가 당신을 아주 많이 사랑하고 있다는 증거였다는 걸. 당신을 놓친 후 감당할 수 없을 슬픔을 미리 걱정하고 있었다는 걸.

그때부터 지금까지 한결같이 처음과 같은 마음으로 내게 사랑을 말해주는 당신 덕분에, 나 이제야 사랑을 알았다. 오늘은 당신에게 말하고 싶다.

"있잖아. 그때 나 이미 당신을 깊이 사랑하고 있었어."

미풍의 속삭임

너는 내게 물었지.
"나를 왜 좋아해?"

나는 대답했지.
"좋아하는 데 이유가 어디 있어."

여름날의 바람 같은 고백을
넌 기억할까?

am 8:13

졸린 눈을 비비며
지난밤의 우리를
껴안는다.

더 커진 마음이
이불만큼이나
폭신하다.

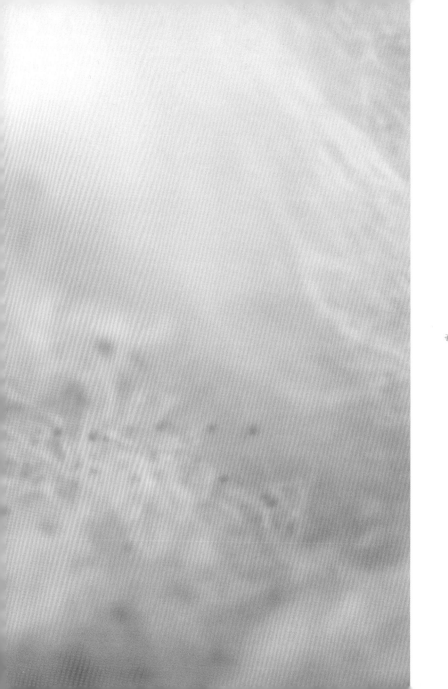

지금
죽어도
좋을 만큼

089

널 향한 하루

매일 아침 너로 눈을 뜬다. 알람소리보다 더 빠르게 네가 내 하루를 깨운다. 기지개 한 번 쭉 펴고 네게 메시지를 보낸다. 잠들기 직전까지 너와 통화를 했는데도 부족하다. 콧노래를 흥얼거리며 샤워를 하고 머리를 말린다. '오늘은 내가 왁스를 좀 발라볼까? 아, 너는 내가 머리에 아무것도 바르지 않는 게 멋있다고 했었지.' 입꼬리가 내려갈 줄을 모른다. 월요일인데, 어제 별로 못 잤는데, 피곤한데…. 기분이 이렇게 좋을 수가 있나?

이 옷 저 옷을 몸에 대본다. 거울 속 난 여전히 웃고 있다. 내가 좋아하는 바지와 네가 좋아하는 셔츠를 입는다. 네게 메시지가 왔다. '지금 일어났나 보네.' 이제 나처럼 준비하느라 바쁘겠지. 눈도 덜 뜬 채로 준비를 할 너를 생각하니 볼이 간지럽다.

사람들로 붐비는 지하철에 오른다. 넌 오늘도 버스를 타겠지? 지하철은 바깥이 안 보여서 싫다고 했으니까. 음악을 듣는데, 슬픈 노랫말마저 달다. 마침 네게서 메시지가 도착했다. 어젯밤 잠을 설쳐서 하품이 끊이질 않는다고. 버스에 앉아 하품을 하면서도 내게 메시지를 보내는 네 모습이 그려지는데, 그게 또 좋다.

각자의 자리로 가기 위해서 정반대로 달리는 우리. 물리적 거리는 점점 멀어지는데, 마음은 더 가까워지는 기분이다. 아무래도 좋다. 눈을 뜨면 가장 먼저 널 생각하고, 잠들기 직전까지도 너만 생각한다. 내 하루의 빈틈은 모두 너를 위한 시간이다.

사랑에
빠진
순간

내 모든 시간은
네게로 흐른다.

원을 그리는 초침은
너만을 가리킨다.

환 희

내 가슴 안에서 폭발한
무지개색의 별은 모두 너야.

이런 인연

"우리 민우가 널 많이 좋아한대."

생애 처음으로 받았던 고백은 너의 어머니한테서였다. 5살
때였다. 잘 기억나지 않지만 우리는 같은 동네에 살았고, 부
모님끼리는 이미 친분이 있으셨던 걸로 기억한다. 그래서 내
인생에서 기억나지 않는 때부터 너와 나는 항상 함께였다. 동
갑내기였지만 나보다 왜소했던 너를 동생처럼 항상 챙겼다.
유치원에서도 너를 놀리는 애들을 혼내주는 일은 항상 내 몫
이었다.

고백을 받았지만 달라진 건 없었다. 그 후에도 우리는 언제

나 같이 있었고, 함께 자랐다. 초등학교 입학도 같이 하고, 졸업도 같이 했다. 내 어린 시절 모든 시간, 기억 속에 네가 있었다.

초등학교를 졸업하고 서로 다른 중학교에 입학하면서 우리는 서서히 멀어졌다. 각자 새로운 친구를 사귀느라 정신이 없었고, 다른 속도였지만 사춘기를 겪으면서 고등학교를 졸업할 때까지 이따금씩 서로의 안부를 묻는 정도의 연락만 하고 지냈다.

우리가 다시 만난 건 대학에 입학한 후였다. 너의 어머니로부터 네가 곧 입대를 한다는 소식을 들었고, 나는 갑자기 궁금해져 네게 전화를 했다.

"잘 지냈어?"
"우리 만날래?"

이상했다. 오랜만에 만나서 그런 건지, 아니면 안 본 사이에 몰라보게 네가 남자다워져서 그런 건지. 내 앞에 앉아 학창시절이 어땠고, 지금 가장 친한 친구가 누구고, 대학 전공이 무엇인지를 말하는 네가 예전에 내가 알던 사람 같지 않았다. 부끄러워하고 쭈뼛거리는 건 여전한데, 너와 나 사이에 이전에는 느끼지 못했던 묘한 기운이 감돌았다.

"너 예전에 나한테 어른 되면 결혼하자고 했었잖아. 그건 어떻게 할 거야?"

어색해서 던진 농담이었는데, 너는 5살 때처럼 얼굴이 빨개져 어쩔 줄 몰라 했다. 그 모습이 웃기기도 하고 귀여워서 재차 물었더니, 넌 그제야 "이렇게 만났으니 그렇게 될 수 있겠다"라고 답했다. 네 대답에 한참을 웃었다.

그 후 우리는 자주 만났다. 네가 입대한 후에도 우리는 5살 때처럼 거의 매일 통화를 하고, 모든 시간을 나누고 함께했다. 그리고 바로 내일, 우리가 함께한 지 28년 만에 너는 약속을 지키게 됐다.

"앞으로도 우리 예전처럼 모든 시간과 기억을 함께하자."

목 적 지

길을 잃어도 괜찮았다.
조금 헤매도 괜찮았다.

내가 향할 곳은
오롯이 너이기에.

아 침   인 사

"잘 잤어?"

부스스한 모습으로

메시지를 보낸다.

매일 아침을

너로 시작한다.

우 연 아 니 인 연

여행을 떠났다. 오롯이 혼자이
고 싶은 마음에 동행 없이 홀로 떠났다. 혼자 다니는 여행이
기에 여행 스케줄은 늘 마음먹기 나름이었다. 열심히 발품을
팔아 더 많은 곳을 돌아볼 수도, 반대로 적당히 쉬어가며 여
유를 부릴 수도 있었다.

호젓함을 즐기며 풍경을 카메라에 담고 있을 때였다. 한 남자
가 눈에 띄었다. 그 또한 혼자 여행을 온 듯했고, 대수롭지 않
게 여기며 발길을 돌렸다. 다음 여행지에서 한 번 더 그와 마
주쳤다. 이번에는 그 역시 나를 의식하는 듯했다. 여러 번 시
선이 부딪혔지만, 서로 관심 없는 척 같은 공간에서 각자의
시간을 보냈다. 이후 몇 차례 같은 장소에서 또 마주쳤을 때,
우리는 처음으로 제대로 눈을 마주쳤다.

"우리 계속 마주치네요. 같이 다닐래요?"

자꾸 겹치는 동선에 설마 날 따라오는 것은 아닌가 하는 생각에 경계를 하고 있었는데, 그런 내 생각을 읽었는지 수줍은 미소와 함께 말을 걸어왔다. 그 한마디에 나의 경계는 마치 존재하지 않았다는 듯 허물어졌고, 무슨 생각이었는지 겁도 없이 같이 다니겠노라 대답했다.

그게 우리의 시작이었다. 내가 계획한 시간과 장소에서 전혀 계획하지 않았던 그가 불쑥 나타났다. 지금도 이따금 묻곤 한다. 왜 거기에 있었느냐고, 계속 마주쳤던 게 참 신기하다고.

"우린 우연히 만난 게 아니라 인연인 거야."
"아니, 운명이라서 그런 걸지도."

다정한 의심

　　　　　　　　　너는 가끔 쓸데없는 질투를 하
는데, 예를 들면 이런 거다. 주위에 남자라곤 자기밖에 없는 걸
뻔히 알면서 다른 남자랑은 거리를 두었으면 좋겠다고 진지한
척을 하고, 다른 일을 하다가 전화를 놓칠 때면 뭐하느라 전화
도 못 받을 정도로 바빴냐고 추궁 아닌 추궁을 해댄다.

전화를 끊을 때는 자기를 사랑하기는 하냐며 애교 섞인 투정
을 부리고, 주말에 데이트 약속을 잡지 않으면 마음이 식었
다며 속상한 척을 한다. 나는 그런 네가 귀여워 일부러 원하
는 대답을 하지 않고, "소심하게 왜 그래"라고 말한다. 그러

면 가끔은 진짜 토라질 때가 있는데, 그럴 때에 내가
마음에도 없는 질투를 하면 언제 토라졌냐는 듯이
또 금방 마음을 푼다.

너는 "나도 내가 왜 이러는지 모르겠어"라고 말하
고, 나는 "우리 좀 쿨한 사이가 되자"라고 놀리듯 말
한다. 그러면 넌 또 이상한 질투와 의심을 한다. 나
는 사실 그게 너무 좋다. 매번 내 사랑을 의심하며
확인하는 게 좋다. 내가 더 표현하게 만들려는 네 다
정한 의심을 어떻게 싫어할 수 있겠어.

바 로   너

감명 깊게 본 영화 속 한 장면

마음에 박힌 드라마의 대사

매일 흥얼거리게 되는 멜로디

추억하고 싶은 아름다운 여행지

고요한 밤 유일한 휴식 시간

스트레스를 날려주는 달콤한 디저트

몸과 마음이 따뜻해지는 안식처

뜨거운 햇빛과 거센 비를 막아주는 우산

악몽 없이 나를 재우는 다정한 자장가는

모두 너.

내 첫사랑이자

내 마지막 사랑은

바로 너.

온통 새로운 것으로 들뜬 입학식 날이었다. 잠을 설쳐서 그랬는지 늦잠을 자버렸다. 허겁지겁 집 앞 버스 정류장으로 뛰어나갔다. 빨리 바뀌지 않는 신호에 애가 탔다. 횡단보도 신호를 기다리는 동안 버스가 지나칠까 버스 정류장만 뚫어지게 쳐다보고 있을 때, 널 처음 봤다.

바삐 달리는 자동차와 정류장을 지나치는 버스들 사이에서 유독 햇살이 밝게 내리쬐는 곳에 네가 있었다. 꼭 무대 위에 선 멋진 주인공처럼. 너를 본 순간 영화의 한 장면처럼 일대의 시간이 멈췄고 내 눈에는 너만 보였다.

다급하게 버스 정류장으로 달려간 난 네 옆에 섰다. '여자친구는 있을까? 말을 걸어볼까?' 주저하는 중에 버스가 도착했다. 넌 나와 같은 버스에 타지 않았다. 이렇게 스쳐 지나가는 건가, 널 본 지 10분도 되지 않았는데. 아쉬운 마음을 가득 안고 버스가 출발했다. 멀어지는 널 창문 너머로 보며 언제 들떴나 싶게 서운함이 밀려왔다.

그 후 며칠 동안 널 생각하며 앓았다. 얼마만의 두근거림이었는데, 도저히 혼자서 속으로만 앓고 있을 수는 없었다. 친한 친구에게 네 이야기를 털어놓았는데, 알고 보니 넌 나와 같은 학교 학생이었고 내 친구는 너와 아는 사이였다. 이런 게 인연이고 운명이지 않을까? 나는 그날부터 운명을 믿기로 했다. 친구의 도움으로 네게 연락할 수 있었고, 너를 향한 마음을 쌓아가고 있었다.

"널 좋아해."

매일 조금씩 커지는 마음을 주체할 수 없어서 네게 고백을 했다.

영화처럼 만났으니 결과도 해피엔딩일 줄 알
았다. 그런데 현실은 달랐다. 당차게 고백했지
만 시원하게 차였다. 넌 친구 사이가 좋다고 했
다. 차였어도 난 여전히 네가 좋았고, 같은 학
교에 다니고 있다는 게 너무 감사했다. 볼 수
있으니까. 그만큼 참 많이 좋아했다.

여느 날처럼 나는 친구들과 운동장 벤치에 앉
아 수다를 떨었고, 넌 축구를 하고 있었다. 친
구들과 대화하고 있었지만, 내 신경은 온통 축
구를 하고 있는 네게 가 있었다. 축구하는 애들
의 소리를 배경 삼아 친구들과 신나게 이야기
하고 있을 때 한 친구가 말했다.

"쟤 축구하면서 너 쳐다보다가 얼굴에 축구공
맞았어."

정말 날 보다가 그런 걸까? 잠깐 기대하기도 했으나 이미 난 거절당한 후였기에 이내 생각을 접었다. 괜한 희망고문은 하고 싶지 않았다. 널 잊고 싶었지만 쉽지 않았다. 잊을 만하면 넌 꼭 내 앞에 나타났고, 우리는 꽤 자주 마주쳤다. 그렇게 요동치는 마음을 품은 채로 8개월을 보냈다.

12월 24일, 모르는 연락처로부터 메시지가 왔다.

"혹시 크리스마스에 시간 있어?"

너였다. 네 메시지에 심장이 터질 것만 같았다. 나한테 데이트 신청하는 거지? 맞지? 이게 꿈은 아닐까 하는 의심이 될 정도로 기뻤다.

"내가 고백했을 때, 왜 날 찬 거야?"

너는 이미 날 알고 있었다고 했다. 중학교 때 우연히 날 봤고, 그때부터 어디서든 날 보고 있었다고. 예전부터 나를 좋아했지만, 서툰 네가 나한테 상처를 주지 않을까 겁이 났다고 했다.

12월 25일, 우리는 그렇게 연인이 됐다. 우리는 이렇게 돼야 할 운명이었다. 처음부터 서로를 좋아했으니까.

낭만의 시간

네가 내 이름을 부를 때면
귓가에서 단내가 흘렀다.
네 입에서 뱉어진 내 이름은
풍선껌처럼 터졌다.

이 상 형

네가 이상형을 말할 때면, 항상 나와 정반대의 사람을 말하곤 했다. 나와 닮은 점이 단 하나도 없는 사람이 좋다고 했다. 결코 내가 쉽게 맞출 수 없는 그 기준들을 곱씹을 때면 괜히 억울해지곤 했다.

"왜 이렇게 내 이상형에 집착해."

네가 늘 내게 했던 말이다. 왜 그렇게 집착하냐고 물었지만, 넌 모르지. 이게 다 널 좋아하기 때문이라는 걸. 널 향한 내 마음이 짝사랑으로 끝나는 것이 싫어서 부단히 노력했다. 너에게 친구 아닌 남자로 보이고 싶어서 할 수 있는 한 멋있게 보이려 노력했고, 꾸밀 수 있는 대로 최대한 꾸미고 다녔다. 그런 나를 보며 너는 늘 남 얘기하듯 날 밀어냈다.

"요새 옷 잘 입고 다니네, 여자애들이 좋아하겠다."
"갑자기 왜 이렇게 다정해졌어? 연애해도 되겠네."

'다른 여자애들 필요 없고 네 마음에 들었으면 좋겠어. 너한테만 다정한 거야. 그러니까 나랑 연애하자.' 이 말이 하고 싶어서 입이 근질근질했지만 네가 싫어할까 봐 참았다.

내가 할 수 있는 거라고는 너의 이상형을 더 구체적으로 알아내는 것뿐이었다. 그래야 내가 그런 사람이 될 테니. 그리고 너와 단 둘이 있을 때면 꼭 그렇게 하려고 애썼다. 여전히 네 이상형을 탐구하는 데 열을 내는 나에게 또 물었다.

"왜 이렇게 내 이상형을 자꾸 알아내려고 해."

평소였다면 잘 넘어갔을 터였다. 눈치가 없는 건지 아니면 내가 싫은 건지 내 마음도 몰라주는 너에게 말해버렸다.

"좋아하니까. 네 이상형이 나였으면 좋겠어."

내 말에 네가 갑자기 웃음을 터트렸다.

"그럼 고백하면 되잖아. 이상형은 이상형일 뿐인데, 왜 거기에 집착해."

그러게. 이제껏 나 왜 그렇게 난리를 친 거야. 네가 거절해도 어쩔 수 없다는 마음으로 네게 고백했다. 그래, 네 말대로 고백하니 후련했다.

"왜 이제야 고백해. 그동안 이상형 지어내느라 내가 얼마나 힘들었는지 알아?"

내 고백에 너도 같은 마음이라고 했다. 이상형이란 게 다 부질없는 것 같지만, 그동안 네 이상형을 탐구한 건 결국 득이 됐다. 우리가 정식으로 연인이 되었을 때, 지난 질문들을 회고하며 네가 말했던 것들을 놓치지 않고 있으니까. 결국 난 네 이상형에 꼭 맞는 남자가 되었다.

식 지 않 는

한여름의

무더위보다 뜨겁다.

밤이 와도

쉬이 식지를 않는다.

내
사랑의
한마디

도시의 수많은 소리 한가운데서
나는 너에게 내 온전한 목소리를 전하기 위해
그 수많은 소리와 경쟁한다.

- 진

긴 통화의 끝에 "잘자"라는 말을 하고 끊고서도
아쉬움에 다시 '잘자'라는 문자를 다시 보내는
그런 사랑스러움에 또 다시 반해요.

- 단

내
사랑의
한마디

너를 사랑하게 되면서
나를 사랑하게 되었다.

– 보통의 사람

세상 모든 것이 아름다운 날,

너와 함께하는 모든 날.

- 지후

우주에서 가장 반짝거리는 별이었던 때가 있었다.
그 별이 영원할 거라 믿었던 때가 있었다.
별도 시간이 지나면 빛을 잃고,
서서히 진다는 걸 이제야 알았다.

Fall

⋮

어제와 다른 오늘의 사랑

소 회

누군가를 좋아한다는 것은
그 사람에 대해 많이 아는 것이라 생각했다.
그런데 나는 너를 잘 모르겠다.

너에 대해 아는 것이 몇 없는 것 같아
애써 모든 기억들을 곱씹었다.
그래도 너를 잘 모르겠다.

너를 모르는 것보다 답답한 것은
더 이상 너에 대해
알아갈 일이 없다는 것이다.

마음이 지다

당신과 사랑에 빠졌던 그때는 매일이 봄날이었다. 도서관에서 찾은 책들은 온통 사랑을 노래했고, 불어오는 바람에 온 마음이 간지러웠다. 괜한 것에 설레고 우울했다. 커져버린 내 마음이 언젠가 곧 터져버릴까 불안해 애써 밀어 넣곤 했다. 매일 소란스러운 마음을 안고 살았지만, 진심을 전하지는 못했다. 전하지 못한 마음의 일교차가 너무 커서 내 마음에 내가 앓았다. 만개했던 꽃처럼 내 마음도 활짝 펴서 더 이상 커질 수 없을 때쯤 계절이 바뀌었다.

전하지 못했던 마음은 여전히 나만의 것이었고,
나만 소란스러웠으며, 나만 앓았다.

그렇게 봄이 졌다.

취향의 갈래

공부에만 매달려야 했던 시절. 매일 답답하고 우울했던 그때에 내 유일한 취미는 자전거 타기였다. 독서실에서 공부를 하다가 답답할 때면 자전거를 타고 하염없이 동네를 돌곤 했다. 이마에 땀이 송골송골 맺힐 때까지 내달리고, 편의점에서 시원한 바람을 맞으며 컵라면을 먹는 게 당시 내가 찾은 최고의 행복이자 즐거움이었다.

편의점에서 라면을 먹을 때마다 너와 마주쳤다. 나와 동갑에 같은 독서실에 다니고 있다는 건 예전부터 알고 있었다. 서너 차례 마주쳤을 때 어색한 시선이 부딪히는 게 싫어서 내가 먼저 용기를 내어 말을 걸었다.

"그거 혼자 먹기에는 양이 좀 많을 텐데⋯."
"그럼 같이 먹을래?"

그렇게 우리는 친구가 됐다. 공부를 하다가 지치면 같이 자전
거로 동네를 돌고 편의점에서 도시락, 삼각 김밥, 컵라면을 함
께 먹었다. 먹는 취향은 달랐지만 자전거 타기를 좋아하는 것
과 좋아하는 가수, 영화, 음악의 취향은 같았다. 수많은 것 중
에서 같은 것을 선택했을 때는 소울메이트라며 좋아했고, 다
른 것을 선택할 때에는 서로의 것을 추천해줬다.

많은 부분에서 우리의 취향은 같았지만, 이상형만큼은 너무
달랐다. 너의 이상형은 나와 정반대인 사람이었다. 머리가 길
고 피부가 뽀얗고 하늘거리는 원피스가 잘 어울리는 여자. 이
상하게 그 후로 나는 너의 취향을 알아내는 것에 집착했다.

"넌 뭘 좋아해? 이런 것도 좋아해? 난 이거 좋아하는데, 넌?"

나는 마치 너에 대해서 보고서라도 쓸 기세로 쉼없이 너를 알
아가기 위해 노력했다. 깨진 독에 물을 붓는 것처럼 언제나

목말랐지만, 그것마저 좋았다. 그렇게 영원할 것 같던 시간이 지났고, 우리는 수능시험을 봤다. 결과가 좋지 않았던 나는 재수를 하게 됐고, 너는 대학생이 되었다.

너와 나의 생활 패턴은 달라졌다. 나는 여전히 어두운 독서실에 있다가 저녁이 되면 자전거를 타고 편의점에 가서 저녁을 먹었고, 너는 더 넓은 세상에서 새로운 것들을 네 취향으로 만들어가고 있었다. 서로 만나는 세상이 달라지면서 자연스레 멀어졌지만, 너는 술에 취하면 자전거를 타고 독서실 앞이나 편의점 앞에 나타나곤 했다.

짧게는 며칠, 길게는 몇 달 만에 만나는 너는 내가 몰랐던 새로운 취향을 만들고 있었다. 좋아하는 수업, 커피, 술, 친구들까지. 하지만 내 취향은 여전히 그대로였고, 네게 새로이 말할 것도 없었다.

어느 날 너는 잔뜩 들뜬 모습으로 독서실 앞에 나타나, 너의 취향 중 가장 딱 맞는 사람을 만났다고 했다. 언젠가 내게 이상형이라고 말했던 그런 여자를 만났다며 눈을 반짝거렸다.

그 후 나는 너와 연락을 하지 않았다. 나는 여전히 그 자리 그 대로였는데, 너는 너무 멀리 가 있었다.

그렇게 너와 연락을 끊고서 나도 너와 같이 더 넓은 세상으로 나갔고, 예전에 너처럼 들떠 있었고 간혹 취한 날에는 자전거를 타고 동네를 돌았다. 예전처럼 자전거를 타고 난 뒤에는 꼭 편의점에서 간식을 사 먹었다. 그 뒤로 이곳에서 너를 만난 적은 단 한 번도 없었다.

너와 함께했던 지난 시간은 모두 내 취향이 되었다. 네가 좋다던 교양수업, 커피, 술. 너보다 조금 늦었던 내가 취향을 만들 순간이 왔을 때 나는 당연하듯 너의 취향이었던 것들을 골랐고, 그건 곧 내 취향이 되었다. 지금껏 말하지 못했지만 정반대로 말했던 내 이상형은 사실 너였다.

이 슬 비

네게 난
그저 이슬비였나 봐.
젖어 들었다가
금방 말라버리는 이슬비.

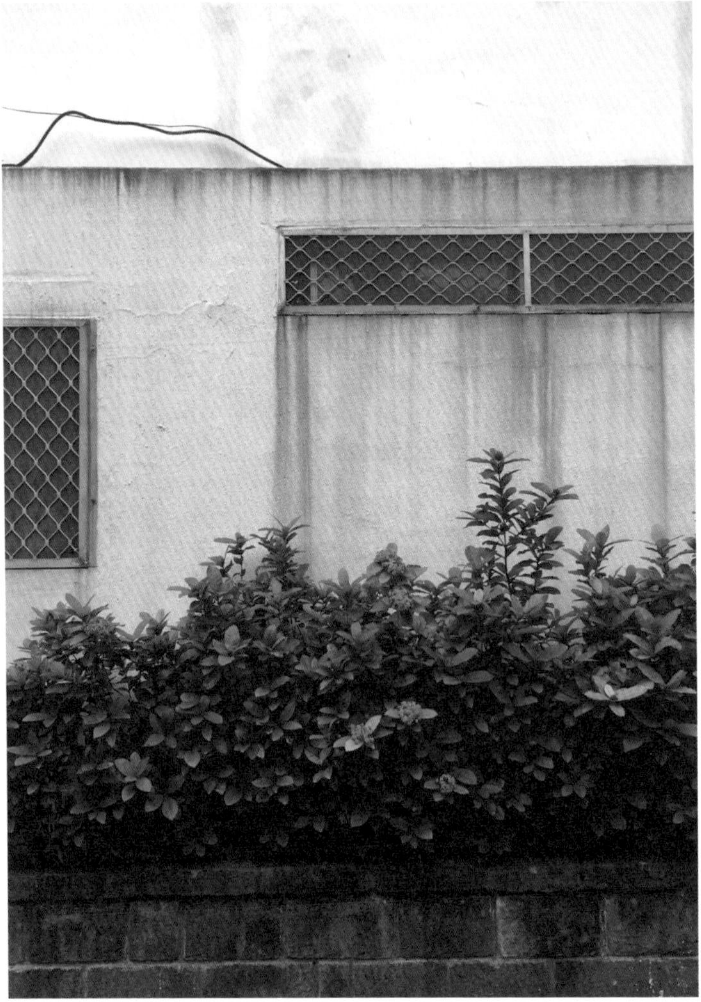

악 몽

참 이상해.
너를 저주하고 미워한 날이면
꼭 그날 밤 꿈에 네가 나오더라.

맘 편히 미워할 수 있게 꿈속에서도
넌 나쁜 사람이어야 하는데
왜 자꾸 좋았던 기억을 입고
내 꿈에 등장하는지 모르겠어.

이게 현실이었으면 하는 바보 같은
마음을 넌 절대 모르겠지.

너무 허탈해서 누운 채로
울어버리는 걸 넌 절대 모를 거야.

사 랑 한 다 는 말

뱉어지지 않아
꾸역꾸역 삼킨다.
목 언저리에 걸려서는
토할 수도 넘길 수도 없다.

회 색 마 음

흔히 말한다. 사랑에 빠지면 온 세상이 장밋빛으로 보인다고. 하지만 그렇지 않았다. 난 널 좋아하는 걸 깨달은 순간부터 짙은 회색빛의 세상에서 살고 있으니까.

널 좋아하게 된 이후부터 난 내 안의 우울과 쉴 새 없이 싸운다. 너를 좋아하는 마음과 너를 저주하는 마음이 끊임없이 마찰한다. 바라는 것 없이 너를 좋아했던 순수한 마음과, 네 사랑을 갈구하며 널 미워했던 마음이 섞여서 내 사랑은 온통 회색이다.

그래서일까. 너를 생각할 때면 웃음보다는 눈물이 난다. 네가 잘 되길 바라기보다는 네가 내 곁이 아니면 영영 안 되길 바라고, 철저히 망가져 결국 나에게 돌아오길 바란다. 이 미운 마음은 아무래도 장밋빛은 아닌가 보다. 널 좋아하는 지금도 난 어두운 회색빛 세상 속에 살고 있다.

손 님

"어서 오세요"라고
말한 적은 단 한 번도 없는데.

"어떻게 찾아오셨나요?"라고
물어보지도 못했는데.

"안녕히 가세요"라고
인사를 건넬 줄도 모르는데.

왜 허락도 없이
내 마음에 들어왔다가
네 마음대로 떠나갈까.

낯선 감정

꼭 영화에서처럼. 무더운 여름날인데 어디선가 불어온 바람이 머리칼을 잔뜩 흩날리는 그런 장면처럼. 그를 본 순간 내가 꼭 그랬다. 그 무더운 날, 어디선가 시원한 바람이 불어와 내 주위가 온통 청량해진 느낌을 받았으니까.

찰나의 순간 그를 보며 느낀 떨림은 결국 사랑하는 마음이 되었다. 반년 만에 다시 마주하게 되었을 때, 너무나도 반갑고 설레는 마음에 그를 뚫어져라 바라봤다. 조금이라도 더 눈에 담고 싶어서 눈을 깜빡이는 것도 잊은 채.

그와 자주 만나게 되었지만, 늘 보고 싶고 친해지고 싶었던 마음과는 다르게 아무것도 할 수가 없었다. 누군가를 좋아하는 것, 특히나 그게 짝사랑이라는 게 내게는 너무 낯선 감정이었으니까. 어떻게 해야 할지를 몰랐다. 그가 내게 말을 걸

어줄 때면 하늘을 훨훨 나는 듯했다. 그의 모든 행동에 의미를 부여할 때쯤에는 앓았던 것 같다. 전할 수 없는 마음은 나날이 크게 부풀었고, 그 마음을 어찌지 못한 채 나는 야위어 갔다.

그 사람에게 다른 사람이 있다는 걸 알면서도 마음이 쉽게 접히지 않는다. 내 자존감만 낮아질 대로 낮아져 우울해질 뿐이다. 사랑이라는 낯선 감정은 내겐 너무나도 어려워 나를 망치고 있다.

유 예

떨어지지 않는 입술을
몇 번 달싹인다.

꺼내지 못한 말을
결국 삼킨다.

그렇게 미룬다.
내일로, 내일로.

한마디면 끝날 이 사랑은
여전한 것으로 한다.

시들다

　　　　　　　새빨간 장미꽃은 하얗게 흐드
러진 안개꽃과 아주 잘 어울렸다. 딱 한 번 너에게 받은 꽃다
발이었다. 매사 감정표현이 적고, 무심한 성격에 내가 어떤 꽃
을 좋아하는지도 몰랐던 네가 내게 처음으로 안겨줬던 꽃다
발. 무엇이든 상관없었다. 그저 기뻤다. 세상에서 가장 예쁜
꽃병에 꽂아두고 싶었는데, 어떤 꽃병도 그 꽃다발만큼 예쁜
건 없었다.

빨리 시들지 않기를 바랐다. 꽃잎에 수시로 물을 뿌려주고, 꽃
병의 물을 매일 갈아주어도 꽃은 나날이 시들어갔다. 시든 꽃
을 보는 건 고통이었다. 내가 아무리 어떤 노력을 해도 시들
어가는 꽃을 어찌할 수 없다는 게 더 큰 고통이었다.

어느새 새빨갛던 장미 잎이 검붉게 변했고, 새하얗던 안개꽃
은 살짝만 건드려도 바스러질 만큼 이미 시들어버렸다. 손에
쥘 때마다 잎은 부스러져 가루가 되어 떨어졌다. 그런데도 버
리지 못했다. 몇 가닥 남지 않은 시든 꽃다발을 벽에 거꾸로
매달아두었다. 분명 처음에는 예뻤는데 언제 이렇게 됐을까.

벽에 간신히 매달려 있는 꽃다발이 쓸쓸하고 초라해 보였다.
더 이상 부서지지 않도록 조심스럽게 꽃병에 다시 꽂아두었
다. 이제는 시들다 못해 말라비틀어졌는데도 예뻤다. 역시 꽃
은 꽃이구나.

잘못 만지면 모두 바스러져 공기 중에 먼지처럼 사라질 것 같
아 손에 닿지 않는 곳에 올려두고 매일 보고 또 봤다. 며칠이
나 지났을까. 그저 잠시 보지 않았을 뿐인데. 너무 바빠서 아
주 잠깐 신경 쓰지 않았을 뿐인데, 꽃병에는 꽃대만 덩그러니
꽂혀 있었다. 꽃잎은 어디에도 보이지 않았다. 그저 꽃병 옆으
로 먼지가 쌓여 있을 뿐이었다. 그날 나는 소리 내어 울었다.

숨

할 수 있는 거라고는

너를 기억하는 것뿐인 하루.

너에게 흔들리는 시간은

매 숨이 울음이다.

궁 금 해

넌 어디로 갔을까? 오늘 점심 맛없었는데, 점심에 뭘 먹었을까? 오후에 비 온다고 했는데, 우산은 챙겼을까? 다음 주에 전공 쪽지시험이 있는데, 시험 준비는 잘 하고 있으려나?

꼬리에 꼬리를 무는 너에 대한 궁금증은 쉽게 끝날 줄을 몰랐다. 하루 종일 네 생각만 했다. 내 삶의 매 순간이 너에 대한 궁금증으로 귀결됐다. 아무런 이유 없이 우울해지는 밤에도 널 떠올렸다. 넌 나처럼 이렇게 밑도 끝도 없는 우울을 겪어 봤을까? 그럴 때면 너는 어딘가에 털어놓았을까? 네 고민을 들어주는 사람은 누구일까? 그게 왜 나는 아닌 걸까?

너를 향한 궁금증이 결국 나를 끝도 없는 나락으로 끌어내릴

때도 많았다. 답을 구하기 어려운 것이 궁금할 때면 특히 그
랬다. 직접 물어보지 못한 질문들을 쉴 새 없이 되뇐다. 소심
하게 늘 마음으로만 외치는 나를 좋아할 리 없겠지?

오늘도 내일도 마주하게 될 너지만, 역시 마음속으로만 물어
본다. '어젯밤엔 잘 잤어? 난 어제도 온통 너만 생각하느라 힘
들었는데. 너도 누군가를 생각하면서 그런 적이 있어?' 끝내
뱉지 못한 질문들이 마음속을 어지럽힌다.

사랑에
빠진
순간

160

너 와 나 의 거 리

네 곁에서 빛을 내는 별들 중
내가 가장 작게 빛나는 이유는
내 사랑이 작아서가 결코 아냐.

나는 그저 너와의 거리가 가장 멀 뿐인걸.

이 별 앞 에

이미 저만치 달아나 있는 너의 뒤를
흔들리는 발걸음으로 쫓는다.

여전히 눈앞에 있는데
손만 뻗으면 잡힐 듯한데
잡힐 생각을 않는다.

'차라리 만나지 않았더라면…'

어떠한 가정에도 답은 분명하다.
그래도 나는 그대를 사랑했을 것이다.

유 일 하 게

고등학교 동아리에서 너를 처음 만났다. 제비뽑기로 같은 조가 되었고, 말이 없는 너를 대신해 내가 조장을 맡았다. 너는 조용한 성격에 말수도 없고, 다른 친구들과도 잘 어울리지 않았다. 그런 네가 나는 늘 신경이 쓰였다. 네가 대답할 때까지 조용히 널 보며 기다렸고, 네 속도에 맞춰 조별 활동을 했다.

어느 때처럼 조용한 네 대답을 기다리다 불현듯 '눈매가 참 깊구나' 하고 생각했다. 너는 늘 조용히 천천히 말하면서 그 깊은 눈으로 날 쳐다봤다. 그런 네가 수줍게 웃을 때면 나도 모르게 널 따라 웃었다.

어느새 동아리 활동하는 날만을 기다리는 나를 발견하게 되었다. 네가 바라볼 내 모습이 신경 쓰였다. 어디선가 주워들은 네 이상형을 떠올려 평소 입지도 않던 분홍색 블라우스에 흰색 카디건도 꺼내 입었다. 이런 내 모습을 들키지 않기 위해 네게 말을 아꼈다. 축구를 하다가 넘어져 심하게 다친 그날도 마음 같아서는 괜찮냐고 열 번도 더 물어보고 싶었는데, 입이 쉽게 떨어지지 않았다.

그렇게 널 좋아했다. 아무도 모르게, 천천히 아주 조용히. 마치 너처럼. 전하지 못한 내 진심을 깊은 눈으로 전할 뿐이었다. 어른이 된 지금도 널 생각하면 그때의 마음이 생생하다. 어린 날의 나와 너를 생각하면 살랑대는 바람이 내 머리칼을 날려 목덜미를 간질이는 듯하다. 숨이 막힐 듯 힘들었던 지난 시간 속에서 유일하게 기다렸던 순간들엔 온통 네가 있다.

네가 나이길

내가 너라면
나는 나를 사랑할 텐데.

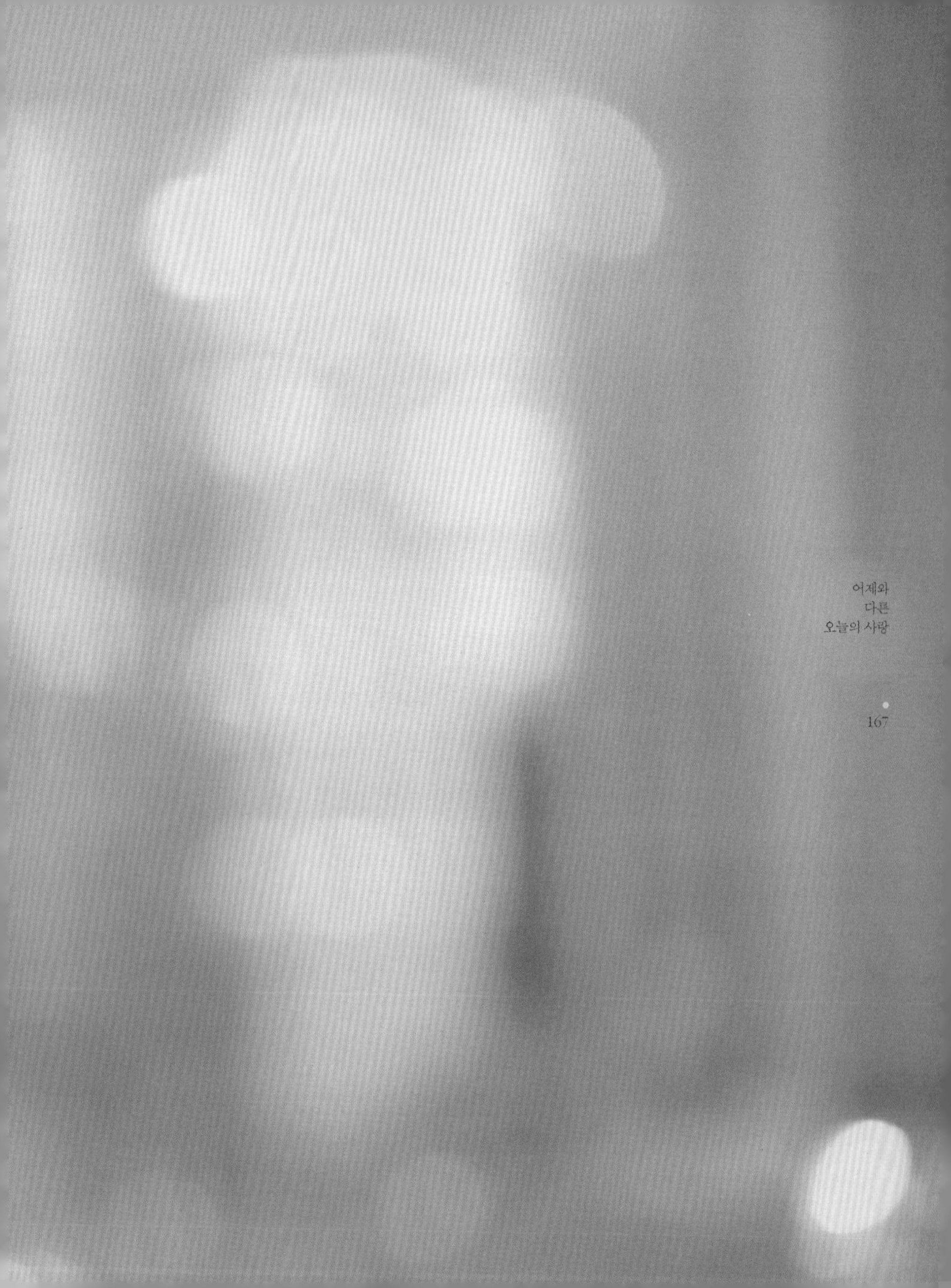

사 랑 의 유 통 기 한

우리는 꽤 열정적이었다. 서로
에게 가려고 숨차게 달렸던 시간이 있었고, 영원을 믿지 않지
만 이 순간만큼은 영원하길 바라던 순간이 있었다. 우리라는
것이 너무도 당연해서 그 어떤 이유도 필요하지 않던 시절.
우리는 틈만 나면 사랑을 고했다. 하루도 거르지 않는 날이
없을 만큼 우리는 촘촘하게 사랑했다. 어떠한 것도 우리 앞에
선 무력했다.

그렇게 4년을 보냈다. 매일이 축제 같았던 시간이었는데, 한
참 터지던 불꽃이 이제 점점 사그라지고 있다. 당연한 것에서
이유를 찾고, 매순간 마땅한 당위가 필요하다.

서로의 숨통을 잔인하게 조이며, 그럼에도 그것이 사랑의 전부라 믿고 매달린다. 영원을 꿈꿨던 시간들이 흐릿해진다. 역시 영원한 것은 없다며 지난 시간들을 강하게 흔든다.

사랑의 유통기한이 끝나가고 있다.

가득한

넘쳐나는 마음과 변함없는 말을
차곡차곡 쌓는다.

언제고 너에게 전할 수 있는
날을 기다리며.

언제고 너와 마주할 수 있는
날을 기다리며.

끝

이미 알고 있는 결말을 미루며
마음을 움켜쥔다.

시작과 끝이 얽힌 필연은
자신이 없다.

정해진 답을 앞에 두고도
애써 외면한다.

지금
사랑의 끝에 서 있다.

어제와
다른
오늘의 사랑

173

좋아하면 될 텐데

어떤 세계에선

난 네가 되고, 넌 내가 되는 거야.

넌 날 좋아하고,

난 널 좋아하지 않고.

꼭 지금의 너와 나처럼.

상상하곤 해.

날 좋아하는 널

매몰차게 차버리는 상상.

너도 나 때문에 아팠으면 좋겠어.

그런데 그 생각은 오래 가지 못해.

날 좋아해준다면

난 뭐든 해줄 텐데.

서로 좋아할 수 있을 텐데.

접힌 마음

수업이 끝났지만 학교 건물 앞에서 멍하니 서 있었다. 흐릿한 하늘에서 비가 내리는데 우산을 안 가져왔기 때문이다. 휴대폰에 저장된 연락처를 뒤져봐도 우산을 씌워줄 만한 친구가 없었고, 우산을 사러 매점에 가려고 해도 학교 건물에서 꽤 멀어 결국 비를 맞을 수밖에 없었다. 머릿속으로 어떻게 하면 비를 덜 맞고 매점까지 갈 수 있을지 한참 고민한 후에 가방을 고쳐 메고 빗속으로 뛰어들었다. 그때 머리 위로 우산이 드리워졌다.

"어디까지 가요?"

같이 수업을 듣는 얼굴만 아는 한 남자가 서 있었다. 매점까지 우산을 씌워주겠다고 했다. 다행이라는 생각이 들면서도 괜히 민망해져 아무 말이나 마구 던졌다. 그날 이후 강의실에서 마주치면 우리는 간단히 고갯짓을 하며 인사를 나눴다. 그

다음에는 짧은 대화도 나누었고, 그다음에는 카페에서 커피
도 마셨다. 과제를 핑계로 연락처도 주고받았고, 시험 기간에
는 함께 도서관에서 밤을 새우기도 했다. 간질간질한 순간의
연속이었다. 너무 간지러운 나머지 내 마음이 입 밖으로 나오
기 직전이었다.

그날도 흐릿한 하늘에서 비가 내리기 시작했다. 우산을 가져
왔지만 너와 함께 쓰고 싶어서 우산을 가져오지 않은 척했다.
학교 건물 현관에서 너를 기다렸다. 내 뒤에서 다가온 너는
내게 말했다.

"또 우산 안 가져왔지? 그럴 줄 알았다니까."

너는 우산을 내게 쥐여주며 말했다.

"난 여자 친구 우산 쓰고 가면 돼. 조심히 가."

그리고 빗속으로 뛰어들었다. 멀어지는 네 뒷모습을 보면서
언제 여자 친구가 생겼냐고, 내가 널 좋아하는 동안 넌 다른
누구를 좋아했었냐고 묻고 싶었는데 하지 못했다. 그렇게 연
락을 끊었다.

나는 네가 내게 내린 줄 알았는데, 너는 그냥 스쳐 지나가는
비였구나. 비와 함께 왔던 네가, 비와 함께 갔다. 돌려주지 못
한 우산과 함께 마음을 접었다.

그 런 날 에

괜히 서러운 날 있잖아. 누가
말만 걸어도 눈물부터 왈칵 쏟아질 것 같고, 길에 서 있는 나
무도 슬퍼 보이는 날. 그런 날은 꼭 하늘도 우중충해. 꼭 나보
고 울어버리라는 것처럼 온 세상이 부추겨.

귀찮을 정도로 넌 이런 날 잘 알아챘어. 어떻게 알았는지 엉
뚱한 말로 내 관심을 돌리려 하고, 단 걸 별로 좋아하지도 않
으면서 디저트 가게로 억지로 끌고 가서 케이크를 세 개나 사
고는 내게 먹으라고 억지를 부렸지. 너와 빨리 헤어지려고 말
도 없이 케이크를 마구 먹었는데, 그런 내 마음도 모르고 넌
무척 만족스러워했지.

케이크를 겨우 다 먹었더니 이번에는 매운 걸 먹으러 가자고
했지. 내가 아무리 배부르다고 해도 소용없었어. 스트레스 받
을 땐 매운 게 최고라며 생전 가보지도 않았던 닭발집에 날
끌고 갔지. 이제는 닭발을 먹으라고 졸라댔어.

탐탁치 않게 비닐장갑을 껴고 닭발 하나를 집어서 먹었는데,
너무 맵잖아. 진짜 너무 지독하게 매워서 혀랑 목구멍이 아려
울 정도로. 도대체 내가 왜 너랑 이런 것까지 먹고 있어야 하
는 거야? 짜증이 밀려오면서 갑자기 눈물이 터졌어. 배불러
죽겠는데 왜 매운 걸 먹으라고 하냐며, 창피한 줄도 모르고
닭발집에서 엉엉 울었어. 넌 미안하다고 사과하면서 휴지를
잔뜩 뽑아서 내 손에 쥐여주고, 사이다를 가득 따라줬지.

그렇게 실컷 울고 나니까 후련했어. 그때부터였어. 괜히 울고
싶은 날, 속상한데 어디 말할 데도 없고 혼자 털어내기 힘들
때면 난 항상 널 찾았어. 그럴 때면 넌 항상 날 챙겨줬잖아. 같
이 엄청 슬픈 영화를 보러가서 눈물 콧물 다 쏟아내고, 노래
방에 가서 목이 터져라 소리도 지르고.
그게 버릇이 됐나 봐. 힘들 때면 네가 생각나. 그동안 널 친구

이상으로 생각한 적도 없었고, 네가 날 좋아하는 걸 알면서도 모른 체했는데, 내가 필요할 때만 널 찾아놓고 어째서 지금 네가 간절한지 모르겠어. 왜 나를 이렇게 길들였어. 가장 괴로운 순간에 당연히 네가 떠오르도록 나를 왜 이렇게 만들었어.

네가 다시 잘해줬으면 좋겠어. 예전처럼 나한테 케이크도 사주고, 같이 노래방도 가고. 그럼 다 잘할 자신 있는데. 네가 필요할 땐, 내가 그렇게 해줄 수 있는데. 아무래도 나 널 좋아하는 것 같은데, 왜 지금 넌 내 옆에 없어.

어제와
다른
오늘의 사랑

마음의 궤적

이별을 말할 수 있다면
차라리 좋겠다.
만남조차 없었기에
나는 네게 이별도 말할 수 없다.

영원히 가질 수 없어 더 그립고 그리운 내 사랑.

네가 내 마음에 남긴 궤적이 너무나 깊어

너를 쉽게 지울 수가 없다.

그저 그 위를 따라 헤매고 있을 뿐이다.

너를 지우지 못한 채 마음을 죽일 뿐이다.

너를 좋아하고부터
웃는 날보다 우는 날이 더 많아졌지만
그래도 가여웠던 나날들이
나는 큰 행복으로 느껴졌어.
더 이상 좋아할 수 없게 되어 이젠 너를 포기하지만
다시 그때가 돌아와도 난 너를 좋아할 것 같아

- 추억이 될 수 없는 사람

당신을 무척이나 원했지만 가질 수 없었다.

당신은 내 손가락 사이를 유유히 빠져나가는 사람이었다.

– sillver

내
사랑의
한마디

우리 두 사람은 한 사람만 사랑했다.

나는 너만. 너는 너만.

- 혜민

함께한 시간들이 빛을 바래도 잊히지 않는 사람
당신에게는 내가 그런 존재이기를 바라요.

– 여우

잘 지내는지 묻고 싶은데
네가 나 없이 잘 지내는 건 알고 싶지 않아.
네 행복을 빌면서 동시에 불행을 바란다.
내가 그러하듯, 너도 그랬으면.

Winter

⋮

잇어야 한다는 마음으로

여 백

너와 함께한 시간이
너무나 당연해서
너 없는 텅 빈 여백을
채울 수 없다.

달 리 기

허한 마음은 감당이 어렵다. 이 불 속에서 몇 번을 뒤척이다 이내 몸을 일으킨다. 한숨이 터져 나온다. 마음이 지르는 비명이다. 닿지 않을 네 이름을 몇 번이고 말해본다. 금세 공기 중에서 흩어진다. 아무리 불러도 내 방을 가득 채우지 못한다.

칠흑 같은 어둠, 밤하늘 별자리는 순환한다. 제자리를 찾는 별들처럼 내 마음도 찾아간다. 평생을 뛰어도 도착하지 못할 나의 목적지는, 내게는 더 이상 뛰지 않는 네 심장이다.

잊어야
한다는
마음으로

195

너 라 는 존 재

　　　　　　　　나와는 정반대인 사람, 바로 너
였다. 편협한 인간관계를 가진 나와 다르게 네 주변에는 언제
나 사람이 넘쳤고, 무표정하고 감정 표현이 부족했던 나와 달
리 너는 늘 웃는 얼굴이었다.

그게 불편했다. 이 세상 모든 것을 긍정적으로 바라보는 것도,
항상 웃는 것도, 별로 친하지도 않은 내게 한없이 친절한 것
도. 그래서 가끔 네가 말을 걸어올 때면 괜히 시비를 걸었고
언짢음을 숨길 수 없었다.

내가 얼마나 못 돼먹은 사람인지 알지도 못하면서 내 곁에서

순진한 눈을 반짝거렸고, 마치 내 모든 걸 꿰뚫어보고 있다는
듯한 그 눈빛도, 내가 어렵게 켜켜이 쌓아두었던 장벽을 넘어
오려고 할 때면 못 견디게 괴로웠다.

자꾸만 내 인생에 겹쳐지려고 하는 너를 멀리했다. 너와 나는
너무 다르고, 네 세계는 나와 어울리지 않았으니까. 항상 명랑
하고 때 없이 밝은 그런 세계와 전혀 무관한 나를 끌어들이는
네가 불편했다.

"나한테 왜 이래."
"좋아하니까."

귀찮음에 찌든 목소리로 참다못해 내가 물었을 때, 너는 내가
좋다고 했다. 그날 밤은 잠들지 못했다. 나를 좋아한다고 말하
던 네 얼굴이 눈을 감을수록 선명했다. 부끄러움이나 망설임
같은 건 없는 밝은 네 얼굴이 어두운 내 방 천장에 가득했다.

그 후로 꽤 오랜 시간을 그 순간에 사로잡혀 있었다. 여태 매
사에 무신경하고 미지근하게 살아온 나였다. 원래 나였다면

네가 날 좋아하든 말든 크게 신경 쓰지 않았을 텐데. 이런저런 생각을 해봐도 내가 할 수 있는 건 없었다. 널 좋아할 자신도 없었고, 예전의 나처럼 무덤덤하게 지낼 수도 없었다.

나는 그저 가만히 있었다. 그런 내게 너는 늘 뭔가를 원했다. 어떤 날은 어제보다 한 발자국 더 다가왔고, 어떤 날은 의식적으로 내게서 멀어졌고, 또 어떤 날은 내게 화를 냈다. 너의 고백에 아무것도 하지 않았다는 것으로, 나는 너의 주변 사람들과 심지어 내 지인들로부터 나쁜 사람으로 평가됐다. 네가 날 좋아한다는 이유만으로.

"난 널 좋아하지 않아. 그게 내 잘못은 아니잖아."

생각으로만 했던 말이 입 밖으로 내뱉어졌을 때, 네게서 처음 보는 표정을 읽었다. 항상 반짝거리고 웃던 너는 말없이 울었고, 이내 등을 돌려 처음으로 내게서 멀어졌다.

그 후로 너는 나를 못 본 체했다. 틈만 나면 나타나 앞에서 웃던 너였는데, 궁금하지도 않던 이야기를 하루 종일 늘어놓던 너였는데, 어둡기만 한 내 인생에 유일하게 반짝인 순간을 선물한 게 너였는데. 그런 네가 사라진 날, 나는 다시 혼자가 되었다. 나는 다시 편협한 인간관계를 가진 무표정한 사람이 되었고, 너는 여전히 많은 사람들에게 둘러싸여 밝게 웃고 있었다.

졸업 전까지 우리는 한 마디도 나누지 않았다. 졸업식 날 처음으로 나는 네게 먼저 다가갔다. 여전히 못 본 체할 거라고 생각했는데, 넌 예전처럼 활짝 웃으며 내게 평범한 마지막 인사를 했다.

"졸업 축하해."

네가 내게 좋아한다고 말했던 그때처럼 그날 밤도 나는 잠들지 못했다. 나를 좋아한다고 말했던 네 얼굴이 선명했다. 눈을 꽉 감았다. 나는 몰랐다. 내 학창시절이 온통 너였다는 걸. 그걸 이제야 깨달았다. 마음을 주는 법도, 받는 법도 몰랐던 멍청한 나는 너를 완전히 잃고서야 내 인생에 유일한 빛이 너라는 걸 알았다.

익 숙 한   멜 로 디

잠시 스치듯 들었는데,

마치 스위치를 켠 듯

우리가 함께했던 기억들이

쏟아져 나오는 거야.

간신히 발목을 붙잡는 가사들을 떨쳐냈는데,

쏟아진 그 시간들이 주워 담아지지가 않아

눈을 감기 전까지 머릿속을 울렸어.

잇어야
한다는
마음으로

201

내겐 너무 먼

너를 향해
아무리 달려도
닿지를 않는다.

넌 너무 멀리 있는
별인가보다.

여 전 히

"다녀올게."

너무 울어서 제대로 대답도 못했어. 정말 이렇게 끝인 건가?
현실을 받아들이기도 전에 넌 그렇게 갔다.

낯선 환경, 어렵고 어색한 사람들 사이에서 잔뜩 얼어 있었
지. 얼마나 긴장이 되던지 어디로든 가고 싶은 마음뿐이었는
데…. 그 마음을 잡아준 건 너였어.

기억나? 사탕으로 만든 꽃다발을 들고 나한테 고백했었잖아.
꽤 오래 전 일인데도 나는 아직도 그 자리에 있는 것처럼 온

몸이 간지러워. 커다랗고 보드라운 깃털이 내 몸을 쓸어내리는 느낌이었지. 사탕 하나 먹기도 너무 아까웠어. 너무 달 것 같은 거야. 그저 평범한 사탕일 뿐인데, 지금껏 내가 먹어본 사탕 중에 가장 달콤했어.

기억나? 우리 둘 다 우산을 놓고 왔는데, 갑자기 비가 쏟아졌잖아. 영화의 한 장면처럼 겉옷을 함께 뒤집어쓰고 빗속으로 뛰었지. 얼굴이 비에 홀딱 젖어서 굉장히 못났을 텐데, 개의치 않고 한참 웃었잖아. 그때 참 행복했어.

기억나? 서로 헤어지기 아쉬워서 동네를 몇 바퀴 더 돌고서도 집에 가는 게 싫어서 한참을 머뭇거렸었지. 너네 집 앞 가로등 아래에서 뽀뽀하는데, 누가 나왔잖아. 그때 네가 내 손 잡고 한참 뛰어 도망쳤었지.

지금은 다 이렇게 추억이 되었네. 나 후회해. 네가 유학 가기 전에 헤어지지 말자고 할걸. 언젠가 나도 따라가겠다고, 그게 힘들면 언제까지고 기다리겠다고 할걸. 그땐 바보같이 널 많이 좋아하면서도 널 놓는 게 이렇게 내내 후회되는 일인지 몰랐어. 그래서 널 잡을 용기가 없었어. 날 두고 떠나는 네가 너무 미워서, 힘들다는 네 투정도 못 들어줬어. 여전히 좋아한다고 말하고 싶었는데 그렇게 못했어.

나, 지금은 할 수 있는데. 너 없는 지금은 충분히 그렇게 할 수 있는데. 그때 널 충분히 사랑하지 못한 죄로 추억이 내 발목을 잡고 놔주질 않는다. 그래서 나는 여전히 너와 사랑에 빠졌던 그 순간들만 좇는다.

잊어야
한다는
마음으로

다 행 이 다

같이 찍은 사진이
한 장도 없다는 게
다행이야.

너무 선명한 기억을
간직할 자신은 없으니까.
쉽게 지우지 못할 테니까.

상 처

시작부터 잘못되었는지도 모르겠다. 네가 날 이용한다는 걸 깨달았을 때, 그때 이미 내 마음은 오로지 너만을 향할 때였다. 네가 하는 행동, 아무렇게나 내뱉는 말, 너에게서 파생되는 그 모든 것에 의미를 두었던 때였다. 아무 의미 없는 그것에 내가 얻고자 하는 의미를 부여했다.

새벽 2시. 잠이 오질 않는다며 잠든 나를 깨웠을 때, 새벽에 굳이 내게 전화하는 의미가 뭔지를 혼자 고민하며 들뜨곤 했다. 너는 내 전화에 매번 피곤하다고 했지만 그마저도 나쁘지 않았다. 오히려 늦은 시간에 너에게 전화를 한 나 자신을 자책하며 반성했다.

궁금한 게 있을 때나 필요한 게 있을 때면 넌 언제든 내게 물어왔다. 나는 잘 모르는 것도 너에게 설명해주기 위해 내가 할 수 있는 모든 것을 해서 네게 알려주었다.

"역시 너밖에 없어."

그 말이 왜 그리 좋았을까? 저 한마디 듣자고 내 일을 등한시하고 너만 보고 있었다. 기쁠 때나 슬플 때나 늘 너와 함께하고 싶었던 나와 달리 너는 필요에 의해서만 나를 네 곁에 두고 싶어 했다. 네가 필요할 때 난 늘 네 곁에 있었지만, 내가 널 필요로 할 때 넌 언제나 없었다.

문득 네가 내게 했던 행동들이 떠오를 때면 너를 미워하고 저주했다. 하지만 동시에 끊임없이 네가 나를 필요로 하기를 바라며 너의 사랑을 갈구했다. 그렇게 바보같이 내 상처 위로 올라온 살을 스스로 후벼팠다. 곧 피가 쏟아질 듯 벌어진 상처 사이로 꾸역꾸역 너를 넣었다. 모두가 너를 잊으라고 할 때, 기어코 내 상처를 내가 벌렸다. 널 향한 마음이 아물지 못하게. 난 그렇게 널 사랑했다.

잔 인 한 기 대

메시지를 보낸다.

네가 답장을 안 하면
정리할 수 있을 거라고
말도 안 되는 생각을 하면서.

네가 답장을 하면
다시 시작할 수 있을 거라는
말도 안 되는 기대를 하면서.

자신이 없어

나 너를 사랑하듯
누군가를 사랑할 자신이 없어.

나쁜 버릇

'그만 좋아해야 하는데.'
매일 다짐한다.

널 좋아하면서 늘 상처만 받아놓고
여전히 널 좋아하다니.

나쁜 버릇이다.
쉽게 고쳐지지 않는 나쁜 버릇.

너를 좋아하는 건.

왜 그 랬 어 ?

고약한 어둠 속에 갇혀 있었다.
밝아오는 내일이 두려웠고 저물어가는 오늘이 원망스러웠다.
스스로를 치밀하게 가두었다. 고독과 외로움으로 갇힌 나를
해방시키고 싶어서 발버둥 쳤다. 그렇게 운동을 시작했고, 그
곳에서 너를 만났다.

너는 반짝이는 모래알 같았다. 어디에서든 눈부시고 눈에 띄
었다. 내 안에 갇힌 나와 달리 넌 자유분방했다. 하고 싶은 말
은 고민 없이 하는 것 같았고, 하고 싶은 행동 역시 이미 하고
있었다.

네가 내게 "귀엽다", "관심이 있다", "좋아하는 것 같다"고 말
했을 때, 나는 그게 좋으면서도 두려웠다. 내가 쉽게 하지 못

하는 것들을 너는 쉬이 해냈다. 함께 운동을 하면 너는 언제나 내 앞에 있었고, 나는 너를 쫓아다니기 바빴다. 넌 늘 반짝거렸고 나는 그 반짝임이 좋았다. 쓸쓸하고 고독했던, 정지되어 있던 내 삶에서 유일하게 즐거운 순간이었다.

"보고 싶었어."

오랜만에 만났을 때 너는 내게 말했다. 이 다섯 글자가 얼마나 설레던지…. 달콤한 솜사탕을 입 안에 한가득 물고 있는 듯했다. 금방 녹아버릴 것 같아 어쩔 줄 몰랐다. 그 말을 곱씹을수록 단물이 배어 나와 입 안이 아릴 정도였다. 그렇게 난 네게서 삶의 의미를 찾았다. 오랜 시간 쌓아 올렸던 외로움을 무너트리고, 스스로 가두었던 어둠 속에서 나와야 할 이유가 생겼다. 그때 내 삶은 온통 너였다.

오래 고민하고 용기를 내기로 결심했다. 장난처럼 내가 좋다고 말해주는 너에게 내 마음을 표현하기로 마음먹었다. '자연스럽게 인사를 하고, 일상적인 이야기를 나누다가 내 마음을 고백해야지.' 나는 너도 나와 같을 거라고 생각했다. 아니, 같았으면 좋겠다고 바랐다.

"나 결혼해."

내 마음을 꺼내기도 전에 네가 말했다. 네 말을 듣고 처음엔 놀랐고 화가 나더니 곧 눈물이 날 것 같았다. 잘됐다고 아무렇지 않은 척 축하 인사를 했지만, 사실 너에게 따져 묻고 싶었다.

'대체 내게 왜 그랬어?'

누구에게도 마음을 열지 않았으면 좋았을 텐데. 너는 나를 해 방시키더니 곧 나를 다시 가두는구나. 누군가를 좋아하는 어리석은 감정 따위 가지지 않았으면 좋았을 텐데. 진심이 아닌 말을 쉽게 내뱉는 사람과 엮이지 말았어야 했는데.

접히지 않는 마음을 억지로 접겠다고 애를 썼다. 커져버린 마음을 어찌할 줄 몰라서 방황했다. 어렵게 찾은 삶의 의미가 사라져 아무것도 할 수 없었다. 네가 너무 보고 싶어서 죽을 것 같은 날엔 무작정 달렸다. 숨이 차오를 만큼 달릴 때면 아득한 곳에 네가 있었다.

너를 붙잡고 묻고 싶다. 왜 나에게 그런 말을 했었냐고. 마음에도 없는 말을, 아니 잠시 마음이 갔다 하더라도 어쩌면 그렇게 쉽게 내뱉을 수 있는 거냐고. 그렇게 너를 그리워하고 저주하며 유난히 서늘하고 추운 겨울을 보냈다.

네 생각이 나

잠을 설칠 때면 악몽을 잘 꾸는
네 생각이 나.

아침이 밝아올 때까지
서로의 가슴에 고개를 묻고
심장소리를 자장가 삼아 잠을 청했던
네 생각이 나.

새벽의 시간

사위가 고요한 밤,
오롯한 외로움을 맞이할 때면
너의 기억이 새벽을 갉아먹는다.

결말이 없는 이야기를 곱씹으면
새벽은 유난히 더디게 흐른다.

햇살이 눈 위로 부서질 때가 되면
너를 잠시 묻고
볼이 따가운 채로 눈을 감는다.

사 진

절대 지우지 못할 사진들을

억지로 다 지웠는데

단 한 장은 지우지 못하고 남겨두었다.

서로를 사랑스럽게 쳐다본다거나,

누군가를 향해 해맑게 웃고 있는 사진이 아닌

하얀 빛만 번져 있는 사진.

초점도 맞지 않고,

손까지 떨어서 마치 물에 번진 실패한 그림 같은 사진.

남들이 보면 이해 못할 그 사진에
네가 비쳐서 버리지 못한다.

카메라 테스트를 한다고
깔깔거리며 우연히 찍었던 그 사진에
함께했던 몇 번의 계절과 모든 순간이
고스란히 담겨 있어 버리지도 지우지도 못한다.

빈 자 리

네 온기가 닿지 않는 계절.

흘러넘치는 마음은
어스름에 녹아든다.

229

장 면 속 에

둘 다 영화를 좋아했다. 셀 수
없이 많은 영화를 함께 봤다. 영화 속 아름다운 장면마다 우
리를 박제했다. 〈이프 온리〉를 보며 처음으로 손을 잡았고,
〈말할 수 없는 비밀〉을 보며 첫 입맞춤을 했고, 네 무릎을 베
고 누워 〈500일의 썸머〉를 봤다. 〈인터스텔라〉를 아이맥스로
보겠다며 심야 영화관을 찾았고, 옷을 얇게 입은 탓에 집으로
돌아오는 길에 손을 꼭 붙잡고 벌벌 떨었다.

어떤 장면에서 우리가 어떤 눈빛을 주고받았고 어떤 대화를
나누었는지, 영화 내용보다 더 선명하다. 우리가 이별을 맞
았을 때에도 나는 평소처럼 영화를 봤다. 무의식적으로 찾은
영화에도 우리가 있었다. 유독 진한 기억이 입혀진 영화를
보는 내내 네가 생각나서 울고 웃었다. 스스로에게 잔인한
행동을 반복하면서 영화를 보는 것으로 너를 놓지 않으려 애
썼다.

'이 영화에서 이 장면이 나올 때, 네가 냉장고에서 나초를 꺼
냈고, 난 치즈를 데웠지. 나초를 실컷 먹고 서로의 몸에 기대
서 지루한 영화를 조용히 봤었지.'

무슨 영화를 보든 영화를 볼 때면 여전히 네가 재생된다. 영
화 속 어떤 장면보다 선명하게 우리와 그 시간이 필름 사이사
이에 녹아 있다.

짝 사 랑

짝사랑은 첫사랑이 아니라고 누가 그랬던가. 17살, 나는 지독한 첫사랑을 했다. 너는 인기가 많았다. 공부도 잘하고, 착하고, 유머러스하기까지 해서 쉬는 시간이면 언제나 네 주위로 친구들이 모여들었다. 소란스러운 친구들 사이에서도 너는 유독 존재감이 컸다.

그 시절 내가 제일 좋아하는 수업은 체육이었다. 운동에는 젬병이었지만, 너와 함께하는 유일한 시간이었다. 너와 난 체육시간 짝꿍이었다. 출석 번호순으로 맺어진 짝꿍이었지만, 그마저도 운명처럼 느껴졌다. 너는 운동도 잘했고, 내게도 한없이 친절했다. 너처럼 반짝이지도 않고, 무언가를 뛰어나게 잘

하지도 못하는 너무나 평범한 내 인생에서 그때가 가장 찬란한 순간이었다.

네가 있는 곳은 언제나 활기차고 소란스러웠고, 거기에서 한참 떨어진 곳에서 존재감 없이 있던 나의 신경은 온통 너를 향해 있었다. 네가 어떤 이야기를 하는지, 어떤 농담에 웃는지, 요즘 어떤 것에 관심을 가지는지 등 내가 직접 묻지 못할 질문들에 대한 답을 그렇게 스스로 구했다.

딱 이맘때쯤이었을까. 싸늘한 공기가 교실을 흩뜨려놓는 그런 날이었다. 그날도 너는 친구들에게 둘러싸여 있었다. 점심 직후, 차가운 공기와 달리 따사로운 오후의 햇살이 교실로 듬뿍 들어와 있었다. 간간히 불어오는 바람에 네 머리칼이 흔들렸고, 갈색 눈동자와 느리게 깜박이는 속눈썹에 햇살이 걸려 있었다. 그 순간이 느리게 재생될 때 실감했다. '나 널 많이 좋아하는구나.'

그 후로 꽤 오랫동안 나는 너만 바라봤다. 언젠가 우리가 함께할 수 있지 않을까 하는 상상을 하면서 맴돌았다. 네 생각을 하며 잠들고, 일어나면 가장 먼저 너를 떠올렸다. 학년이 바뀌고 반이 달라져 눈에 보이지 않으면 곧 지나갈 감정일 줄 알았다. 많은 사람들이 짝사랑을 회고할 때 그러하듯. 하지만 끝날 줄을 몰랐다. 그렇게 7년이라는 긴 시간을 보냈다.

지금도 밤이 되면, 겨울이 오면 유독 선명하게 떠오른다. 너에게 한 번이라도 내 마음을 표현했다면 이렇게 사무치지는 않았을 거란 생각에 마음이 따가워진다. 7년이 지났음에도 영아물 생각을 않는다.

어 쩔 수 없 다

넬 생각하면
온통 좋았던 기억뿐이라
괴롭다.

매일 밤 너를 저주하며 잠들어놓고
겨우 눈뜬 새벽의 자락엔
좋았던 기억만 묻어서
괴롭다.

아 픔 의 순 서

　　　　　　　　　　아주 짧았다. 지금껏 해왔던 내
연애 중에서도 당신과의 만남은 유난히 짧았다. 우리가 사랑
에 빠지는 데 걸리는 시간도 짧았고, 우리의 인연이 다하기까
지 걸리는 시간도 짧았다. 만남이 짧았으니, 이별 후유증도 짧
을 거라 확신했다. 훌훌 털어버리면 그만이라고 생각했다.

날이 춥지 않았다. 컨디션도 그리 나쁘지 않았다. 평소에는 잘
걸리지도 않았는데, 오늘 갑자기 감기에 걸렸다.

하루 종일 침대에 누워 있었다. 문득 서러워졌다. 당신이 보고 싶었다. 아파서, 몸이 아프니까 마음이 나약해져서 그러는 거라며 스스로를 다독였다. 으슬으슬 추웠다. 어느 순간에는 몸이 추운 것인지, 마음이 추운 것인지 구분이 안 됐다. 코를 훌쩍이다가 기침을 하다가 불쑥불쑥 당신 생각이 났다.

꼬박 2주를 당신으로 앓았다. 잊으려고 했던 나에게 주는 벌일까. 몸도 마음도 이렇게 앓고 나면 끝이 오는 걸까. 정답도 모른 채 그렇게 속절없이 나는 앓았다.

정 리

잊었다고 생각했는데

참 이상한 것에서

네가 밀려 들어와

목구멍이 따가웠다.

네 이 름

시도 때도 없이 부른다.

샤워를 하다가 밥을 먹다가 길을 걷다가
네 이름이 입 밖으로 튀어나온다.

너는 듣지도 못할
내 부름은
멈출 생각을 않는다.

멍이 들면

어릴 적부터 이상한 버릇이 있었어. 뛰다가 넘어져서 무릎에 멍이 들거나 상처가 나면 아픈 걸 알면서도 그걸 손가락으로 눌러서 확인해봐. 그냥 가만히 있어도 아픈데, 굳이 손으로 눌러서 얼마나 아픈지 확인해보는 거지.

정말 이상한 버릇이지? 그런데 지금도 그래. 이 나이엔 뛰어놀 일이 없어서 무릎에 상처가 날 일은 거의 없는데, 넘어지지 않아도 다치긴 하잖아. 상처도 생기고.

너와의 시간이 상처를 만들었고, 아픈 걸 뻔히 알면서도 나는 요즘 스스로 자꾸 헤집어. 널 생각하지 않으면 그만인데, 우리 함께했을 때보다 오히려 지금 더 너를 떠올리려고 해. 그동안 잊고 있었던 모든 걸 다 끄집어내는 거지. 우리 첫 만남, 처음 나눴던 대화, 자주 갔던 카페, 즐겨 마시던 커피 같은 거. 평소라면 기억조차 없었던 일들을 기어코 기억해내는 거야.

정말 이상한 버릇이지? 너무 아픈데, 어느 날에는 잠도 못 잘 정도로 아픈데도 멈추질 못하겠어. 상처가 완전히 아물기 전까지 나 계속 이럴 것 같아. 손가락으로 눌러보면서 얼마나 아픈지 계속 확인할 것 같아.

회귀

숱한 시간을 돌고 돌아
결국 도망친 곳이 너였다.

이쯤이면 너를 잊었구나 생각했는데

아직도 이런 생각을 하는 나를 보니

너를 잊으려면 아직 멀었구나.

- yj

일상이 지리멸렬해질 때마다 나는 당신을 떠올렸다.
그러면 괜찮아지다가, 곧 너무 슬퍼지곤 했다.

- tonvssuk

길을 걷고 있었어.
그러다 어디에서 왔는지 모르는 바람이
너의 기억을 와르르 쏟아지게 만들었어.
얼마나 더 많은 계절을 보내야
아무렇지 않게 길을 걸을 수 있을까.
그냥 불어오는 바람도 내겐 아픔이었어.

- 쥬_홀

꽃은 시들어도 떨어져도 꽃이라는 걸
시든 꽃도 가슴을 울리는 향기가 있다는 걸
나는 그때 몰랐다.
너는 내 마음속에서 꽃을 피운 채 시들었다.

– 꼬맹이

내가 나일 수 없었던
간절한 계절을 지나 이윽고 봄이 왔다.
봄은 그렇게 온다.

Re:spring

⋮

그
래
도
,
사
랑

보통날

네 이름을 오랜만에 불러본다.

눈물의 시간보다 반짝이던 추억이
먼저 밀려나온다.

네 이름이 아프지 않아서 다행이다.
참 다행이다.

충분하다

누군가를 미워하는 것
그리움에 젖어 있는 것
엄청난 감정을 소모해야 한다.

일상에 지장을 줄 정도로
자신을 괴롭히기도 한다.

이제는 그러지 않기로 했다.

망령처럼 그리움을 좇지 않기로
추억을 곱씹으며 자책하지 않기로
더 이상 나를 혹사시키지 않기로.

할 만큼 했으니까.

그 순간에 우리 사랑했으니
그걸로 충분하다.

누구에게도 쉽게 말하지 못했던 내 삶의 아픔을 어째서인지 너에게 모두 털어놓았지. 너는 그냥 묵묵히 듣기만 했어. 억지스러운 위로로 나를 달래지도, 해결책을 찾아준다며 나를 가르치지도 않았지. 이야기를 하면서 감정에 복받쳐 나도 모르게 눈물이 펑펑 쏟아졌는데, 너는 내 등을 토닥이며 작게 말했어.

"괜찮아."

간절했던 한마디가 네 입에서 나오자마자 모든 서러움을 놓고 소리 내서 울었지. 겨우 한마디인데, 정말로 괜찮은 기분이 들었어.

고마워. 이제 다시는 네게 그 말을 들을 수 없겠지만, 나는 오늘도 그 말에 살아.

반 추

온 마음을 다했던 그 시절을 그려본다.

사랑에 빠진 나는
그토록 사랑스러웠다.

그대를 미워하는 동안
나는 내가 아니었는데,
지우려 했던
우리 사랑했던 순간에
진짜 내가 있었다.

간 직 할 게

차가운 공기와 포근한 바람이
동시에 불어오는 늦겨울과 초봄의 중간 어디쯤. 가느다란 네
손가락에 깍지를 껴서 꼭 잡고, 가로등을 하나둘 지나치는 게
참 낭만적이었다. 아무 말 없이 걷기만 하는데도 마음이 부풀
어서 가벼운 한숨이 저절로 나왔다.

너를 생각하면 그 계절만 떠오른다. 나는 늦겨울이라고 불렀
고, 넌 초봄이라고 불렀던 너무 짧지만 그만큼 찬란한 계절.
하늘은 높고 햇살은 따사로웠으며, 공기는 서늘하고 바람은
폭신했다. 무얼 하든 행복하지 않을 수 없는 계절이었다.

"아, 바람이 따뜻해."

너는 그 계절이 제일 좋다고 했다. 세상의 모든 만물이 새로 돋아 오르고, 봄 냄새에 저절로 나들이를 가고 싶다고도 했다. 그래서 여전히 공기가 차가운데도 그 계절에는 마냥 걷고 걸었다. 네 말처럼 돋아나는 새싹들이 우리의 사랑을 부추기던 때였다.

길고 긴 겨울을 보내고 초봄을 맞이할 때면 늘 네 생각이 난다. 어째서 우리의 만남은 딱 그 계절만큼 짧았을까? 초봄을 지나 여름, 가을, 겨울을 함께 보내놓고, 우리가 가장 사랑했던 계절은 다시 맞이하지 못했다.

너는 지금도 어딘가에서 봄 냄새가 좋다며 한껏 숨을 크게 들이마시고 머금고 있을까? 내가 너를 머금고 있는 것처럼. 이 계절의 설렘은 평생 내가 간직할 테니. 넌 내 기억 속에 영영 남아줬으면 좋겠다. 언젠가 네가 돌아온다면 당연하다는 듯이 계절에서 기다리고 있을 테니.

내 사랑의 정의

간절함만으로는 얻을 수 없고
얻게 됨과 동시에
필연적으로 잃게 된다.

그럼에도 끊임없이
다시 시작한다.

허무할 정도로
아름다운 계절을
반복한다.

천 천 히

시간이 재촉해도
느리게 걷기로 했다.

매일 아주 조금씩
네게서 멀어지기로 했다.

같은 시간, 같은 풍경

두 손 맞잡고 거닐던 골목, 하염없이 눈을 맞추었던 카페, 어떠한 말도 필요 없었던 공원. 함께한 풍경을 지나치는 게 이제는 덤덤하다. 마음에 박힌 너라는 가시를 빼는 동안 얼마나 애타게 가슴을 졸였는지. 언젠가 우리가 우연히 만나면 너에게 해야 할 말을 찾았다.

함께했던 시간을 반으로 나누어 가지기로 하자. 같은 시간, 같은 풍경을 만나면 공통의 기억을 떠올리기로 하자.

잊지는 않을게. 보고 싶다는 마음만으로도 괜찮으니까. 이제 헛되게 흔들리는 시간은 내게 없다.

활짝 피어버린

"제가 겁이 많습니다. 예전에
많이 아파서…. 미련이 남았다거나 그런 건 아닌데, 누군가를
새롭게 만난다는 게 어렵네요."

오랜만에 한 소개팅에서 만난 그가 말했다. 이전에 했던 연애
때문에 심하게 앓아서, 연애 공백이 길다고 했다. 처음에는 이
게 소개팅 자리에서 할 말인가 싶었다. 그런데 솔직하게, 그렇
지만 덤덤하게 말하는 그의 모습에 "오히려 잘됐다"고 대답
했다.

"그래도 괜찮으시다면, 우리 한 번 더 만나볼래요?"

어릴 때의 연애처럼 설렘 가득하거나 긴장되지 않았다. 지금
까지 내가 해왔던 연애와 달리 심심하고 무미건조하게 느껴
졌다. 어른의 연애는 다 이런 건가 싶기도 했다. 그런데 그 담
백한 게 좋았다. 몇 번 만나지도 않았는데, 금방 익숙해지고
편해졌다.

"많이 좋아했어요. 제가 더 많이 좋아했죠."

이전 연애에 대해 묻는 것이 예의가 아닌 줄은 알지만, 몇 번
의 만남으로 편해진 탓에 술 한 잔만으로도 옛 이야기가 자연
스레 흘러나왔다. 그의 말에 "나도 그랬다"고 같은 대답을 했

다. 우리는 조용히 고개를 끄덕이다 웃어버렸다. 사랑해본 적
이 있는 사람이라면, 그 사랑 때문에 아파본 사람이라면 누구
나 공감하는, 더 이상의 설명이 필요치 않은 순간이었다.

바람이 좋은 저녁이라서, 비가 와서 울적한 마음에, 약속 없는
주말이라서. 우리는 다양한 이유를 대며 시간을 공유했다. 지
난 시간의 우리에 대해 이야기했다.

그런데도 이따금 존재 없는 슬픔이 마음속에 떠오르는 날이
면, 나는 나대로 그는 그대로 언젠지 모를 과거의 당신들에게
감사하며 마음을 달랜다. 지금의 우리를 만들어주어 고맙다
고 마음으로 말한다. 지금 우리는 첫 설렘은 작았을지 몰라도,
그 어떤 마음보다 활짝 피어 있다.

봄 에 서 봄 으 로

벌써 세 번째 봄이 태동을 알린다.

눈치채지 못한 사이에

모든 것은 비로소 추억이 되었다.

아득한 기억의 저편에서 너를 배웅한다.

너에게 감사하다고 전하고 싶었어.
많은 사람들 속 나를 찾아 또 사랑해줘서,
나를 빛나게 해줘서.
행복해지길 내 지난 사랑하는 사람아.

- 미호

가끔은 그리워,
그때의 네가.

- jung

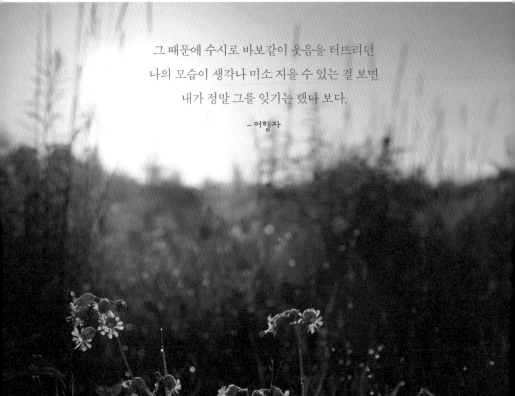

그 때문에 수시로 바보같이 웃음을 터뜨리던
나의 모습이 생각나 미소 지을 수 있는 걸 보면
내가 정말 그를 잊기는 했나 보다.

– 여행자

모든 것이 너의 탓이 아니었단 걸 잊지 마.

모두 지나갈 거란 걸 기억해둬.

하지만 지나가버렸다고 그때의 너를 잊어버리지는 말길.

모두 지금의 사랑스런 너를 이루고 있으니.

— 바라기

사랑에 빠진 순간

펴낸날 초판 1쇄 2017년 4월 1일

지은이 한재원

펴낸이 임호준
이사 홍헌표
편집장 김소중
책임 편집 안진숙 ㅣ **편집 1팀** 윤혜민 장여진
디자인 왕윤경 김효숙 정윤경 ㅣ **마케팅** 정영주 권소회 김혜민
경영지원 나은혜 박석호

사진 미경안, Shutterstoc, Unsplash
인쇄 (주)웰컴피앤피

펴낸곳 북클라우드 ㅣ **발행처** (주)헬스조선 ㅣ **출판등록** 제2-4324호 2006년 1월 12일
주소 서울특별시 중구 세종대로 21길 30 ㅣ **전화** (02) 724-7635 ㅣ **팩스** (02) 722-9339
홈페이지 www.vita-books.co.kr ㅣ **블로그** blog.naver.com/bookcloud_official ㅣ **페이스북** www.facebook.com/vitabooks

ⓒ 한재원, 2017

ISBN 979-11-5846-155-3 03810

• 이 도서의 국립중앙도서관 출판예정도서목록(CIP)은 서지정보유통지원시스템 홈페이지(http://seoji.nl.go.kr)와
국가자료공동목록시스템(http://www.nl.go.kr/kolisnet)에서 이용하실 수 있습니다. (CIP제어번호 : CIP2017006517)

• 북클라우드는 독자 여러분의 책에 대한 아이디어와 원고 투고를 기다리고 있습니다.
책 출간을 원하시는 분은 이메일 vbook@chosun.com으로 간단한 개요와 취지, 연락처 등을 보내주세요.

북클라우드는 건강한 마음과 아름다운 삶을 생각하는 (주)헬스조선의 출판 브랜드입니다.

마른 가슴에 내린 단비처럼 마음의 문을 열어젖히는 불청객처럼 사랑은 그렇게 다가온다.

네가 내 이름을 부를 때면 귓가에서 단내가 흘렀다. 네 입에서 뱉어진 내 이름은 풍선껌처럼 터졌다.

Fall

사랑에 빠진 순간

⋮

그립고 그리운 내 사랑. 네가 내 마음에 남긴 궤적이 너무나 깊어 너를 쉽게 지울 수가 없다.

Winter

사랑에 빠진 순간

⋮

잘 지내는지 묻고 싶은데 네가 나 없이 잘 지내는 건 알고 싶지 않아. 네 행복을 빌면서 동시에 불행을 바란다.